TRIZ PARIZOTTO

Pelas Entranhas

mqnr

SUMÁRIO

CARNE
6

BAÇO
68

OLHOS
198

Apresentação

Minha paixão sempre foi a escrita; desde cedo, cultivei o hábito da leitura e estudei roteiros ao explorar as artes cênicas. Além disso, expressava ideias e reflexões através da caneta em um caderno por não ter um ambiente acolhedor para compartilhá-las. Hoje entendo melhor, porque, se meu filho (hipotético), quando criança, me contasse que pensou em uma história e ela fosse sobre uma mulher grávida que se transformava num Wendigo e rasgava a própria barriga pra devorar o bebê, eu também ficaria preocupada, mas na época eu me sentia reprimida e incompreendida.

Trabalho no meio artístico desde criança, o que me levou a desenvolver uma autoexigência excessiva no processo criativo, como se estivesse sempre sob os olhos de uma força punitiva. Para mim, é comum não achar o que produzo bom o suficiente; assim que escrevo algo que me satisfaz, ao reler, identifico uma série de aspectos que me incomodam. Lutar contra o perfeccionismo obsessivo ainda é uma questão pessoal.

Ter meu primeiro livro publicado é uma grande conquista, uma aceitação de que estamos em constante transformação. Sempre será difícil olhar para trás sem pensar no que faríamos diferente, mas permanecer nesse pensamento nos deixará inertes, sem progredir.

A perfeição é um conceito ilusório, conturbado e desmedido, alimentado pelas redes sociais, pela exigência abusiva de um desempenho irreal no sistema de estudo e de trabalho e até pela criação. As pessoas se afastam cada vez mais da realidade de si mesmas e se encaixam cada vez mais em um padrão benéfico – obviamente não para nós.

A sensação de insuficiência constante é perigosa. Vivemos para atender expectativas. Dessa forma, nós nunca seremos suficientes, pois estamos em busca de algo que mal compreendemos. A percepção de cada um sobre tudo é diferente, então o que acreditamos que esperam de nós também é diferente do que realmente esperam.

Nosso valor deveria estar na nossa existência e na realização do que amamos, assim a vida teria sentido. Mas estamos reféns do atual sistema, sendo induzidos a servir e atender demandas. Nos veem como descartáveis e, nesse cenário (ao qual estamos inevitavelmente condicionados), realmente somos. Então é natural que nos sintamos dessa forma: rasos e incapazes.

Esse controle ocorre de forma tão arquitetada que também não nos resta ocasião para prática. A rotina nos exaure tanto que, no tempo que sobra, precisamos descansar, deixando às traças o que nos dá prazer. E, nos raros momentos em que conseguimos dar atenção, a falta de treino reflete em um resultado amador, gerando mais frustração do que incentivo.

Assim, somos levados a acreditar que nunca somos o bastante, julgando-nos falhos por estarmos sendo explorados em vez de explorarmos a nós mesmos.

Vou dedicar essa obra ao que ela representa para mim: uma ideia quase reprimida por medo do fracasso. E a ofereço a todas as ideias que já foram abandonadas por alguém e poderiam ter sido grandiosas se desenvolvidas.

Sinto que aprendi muito com esse processo, credibilizei meu lado oprimido e me senti bem comigo. Então não foi em vão, independentemente do que aconteça após a publicação.

A rotina, com seus limitadores, pode ser muito hostil. Sentir realização pessoal ajuda a suportar a incerteza da vida e o trabalho constante. Se for honesto e feito com sua atenção e cuidado, não deve ser visto como ruim. Além disso, você sempre pode mudar e transformar as coisas com o tempo.

Você não precisa ser perfeito ou estar no topo; quando você olha para coisas simples como valiosas, você entra numa zona de grandes oportunidades.

"A gente não se conheceu na infância, mas na pré-adolescência. Eu morava em Araraquara, meus pais tinham acabado de se separar e eu vim com o meu pai pra São Paulo, deixando para trás os amigos que tinha cativado com dificuldade, por não ter boas habilidades sociais.

Tentamos manter contato, mas não deu certo pela falta de facilidade. Não tinham o hábito de usar telefone numa cidade pequena do interior; era caro.

Cresci com meu irmão em um ambiente conturbado. Meus pais discutiam com frequência, e meu pai parecia não se esforçar para agradar minha mãe depois de tantos anos juntos.

Meu irmão mais velho cresceu tendo responsabilidade sobre mim. Era ansioso, perfeccionista, quase sempre vivia frustrado, por melhor que fosse.

Eu cresci com um ar de rebeldia, mas hoje vejo que talvez tenha sido mais difícil para meu irmão do que para mim. Não consigo imaginar ser o filho que nunca causa problemas, nem de comportamento, nem de desempenho. Ele segurava as pontas para minha mãe, aos treze anos era praticamente a principal figura masculina da casa, além de ser um catalisador de muitos males pra mim.

Não sei se por ser o primeiro filho, meus pais ficaram em cima dele, a criação foi mais ativa, foram aplicados; já comigo, eles estavam ocupados afundando dentro da própria relação. Não pareciam ter tempo o suficiente para tantas responsabilidades.

Desenvolvi um complexo de filho menos privilegiado, minha autoestima foi esmagada pelas comparações constantes. A comunicação era precária, não podia me manifestar porque tinham problemas adultos para resolver.

Por não ter um espaço propício para desenvolver quem eu era, reprimi, menti minha imagem para ter alguma paz no ambiente doméstico.

Também não tinha reconhecimento sobre meus interesses por ter me perdido no fato de não ser o que tinham projetado pra mim.

Minha rebeldia não era violenta; com o tempo, deixei de ser verbal, deixei de ver valor nas minhas emoções.

Não desenvolvi ou superei diversas situações traumáticas por precisar seguir a vida. Me vejo fazendo isso de novo. Hoje. Agora.

Essa forma de operar foi a maneira que encontrei de sobreviver.

Aos meus treze anos, me sentia abandonado pela minha mãe e negligenciado pelo meu pai. Cada um ficou com a guarda de um filho; eu fiquei com meu pai, que uma semana depois já estava com outra mulher, e passava todo tempo livre do trabalho ocupado com os próprios interesses.

Essa mulher engravidou pouco tempo depois, e então minha vida se tornou mais independente e solitária ainda. As prioridades dele eram claras, e até hoje não entendo o que ele viu nessa baranga, que minha mãe não tinha. Pelo menos não tive responsabilidade na criação da minha meia-irmã, como meu irmão Gabriel teve na minha.

Nós dois mantivemos contato e passamos datas comemorativas juntos na casa da minha mãe. Ela sentia minha falta e falou algumas vezes que eu poderia voltar para lá se quisesse, mas minha mágoa pela falta de tentar dela – e a clara preferência pelo meu irmão – não me permitiu aceitar. Depois de mais velhos, eu e o Gabriel conversamos sobre como sentíamos muito a respeito da condição um do outro. Concluímos que não tínhamos culpa e que nossos pais não buscaram melhorar. Fico feliz de termos nos aproximado um pouco, apesar da competição da qual crescemos fazendo parte.

Ao que tudo indica, decidiram a nossa guarda por favoritismo mesmo. Meu irmão sempre foi mais próximo da minha mãe; quando ela chorava, ele acolhia, enquanto eu não tinha essa facilidade de aproximação. Hoje vejo que o invejava.

Eu ficava, assim como meu pai, quieto. Para ele, eu ser imparcial – não que eu realmente fosse – era mandar bem, então continuei, pra pelo menos estar do lado de alguém.

Meu pai pensava que, por meu irmão ouvir tantas queixas, já não gostava dele – e ele estava certo –, o que também mostrava que ele sabia que estava errando, mas continuava.

Permaneci atônito sobre essa decisão até hoje. Independentemente do que decidissem, eu obedeceria. Acho que ele brigou pela minha guarda por uma questão de orgulho e para provar que também foi importante na nossa criação. Mesmo assim, não acho que devia ter ficado responsável por uma criança escolhendo a vida que escolheu.

O que mais me magoou foi minha mãe aceitar sem objeção. Eu não queria ficar com ele, a forma com que pensava só em si mesmo me fazia sentir raiva, mas não a culpo por ter permitido. No lugar dela, também abriria mão. Pelo menos ela tem um emprego e nunca cogitou pensão, acho que teria me sentido pior ainda se escolhesse nós dois pensando nisso.

Antes disso, eu gostava de ficar sozinho às vezes, até me ver nessa posição sem ser por escolha. Não pertencia a lugar algum, me sentia um desconhecido para o mundo e para mim.

Quando cheguei na nova escola da nova cidade da nova vida, me comportava como um bicho esguio pelos cantos. Sentia menos vontade de estudar do que nunca, e achava injusto como todas as outras crianças podiam só ser pueris.

Até que, um dia, o garoto que falava com todo mundo na sala chegou em mim. Ele segurava um walkman pra CDs pequenos e, entre uma aula e outra, me disse: 'Acho que você vai gostar dessa música". Me ofereceu o fone e olhei em volta para conferir se tinha alguém nos olhando – afinal, podia ser alguma sacanagem –, mas, como não tinha, aceitei e coloquei na cabeça pela curiosidade.

A música era 'Flores'. Isso aconteceu na sexta-feira da minha segunda semana. Outras pessoas tinham tentado contato, mas eu não estava para conversas. Se abrisse minha boca, só reclamaria. Preferi me calar. Mas essa abordagem dele pareceu pessoal, talvez até demais. Fiquei me perguntando por que ele me mostrou essa música, mas acabei nunca o questionando diretamente. O que o fez pensar que eu gostaria de algo como 'Os pulsos cortados e o resto do meu corpo inteiro'? Seja lá o que foi, ele acertou. Eu achei bom. Ainda mais a versão dos Titãs. Outras bandas fizeram interpretações, mas a dos Titãs era realmente a melhor dentre as que ouvi.

O Isaque era uma pessoa extrovertida, carismática, rara. Conseguia puxar assunto com qualquer um sem ser inconveniente – na maioria das vezes. Sempre encontrava aberturas e assuntos intermináveis. Ele dizia que sua cabeça cochichava as coisas que perguntava, e que tinha algumas coisas que falava, inclusive, que só pensava a respeito depois de se ouvir as dizendo.

Apesar de conversar com todos, ele não pertencia a nenhum grupo. Depois de conhecê-lo mais intimamente, me dei conta de que poucas pessoas realmente o escutavam. Acredito que, de tanto falar, passaram a não dar valor. Sua presença era indiferente, apenas uma diversão entre momentos, ocupava espaços só quando estavam vazios.

Reparei que ele cabia em algumas situações específicas: para fechar grupo, fazer favores, chegar em alguém por outra pessoa, desentediar...

Uma vez, quando já tínhamos nos aproximado, ele me contou que falava tanto porque amava conhecer pessoas. Achava esse comportamento muito valioso, mas sentia pena, afinal, dificilmente pessoas entram em assuntos profundos com alguém que não são próximos. Então, na maior parte do tempo ele ficava só nas formalidades – em muitas delas sendo visto como sem noção ou intruso.

Ele adorava humanos. Achava fascinantes, por isso tinha escolhido o ramo da filosofia. Era quase um personagem, eu acho muito triste como poucos conheceram seu mundo, porque era muito curioso.

Para mim, era lindo alguém que compartilhava tanto de si. Nossa comunicação era perfeita.

Davi também viveu isso. Ele sempre teve alguma questão que ninguém pontuava, fazia coisas provocativas e intensivas. A pensamentos que normalmente ignoramos, ele dava ouvidos. Não é difícil entender por que Isa se aproximou dele. Quando não éramos só nós dois, éramos nós três.

No começo, eu não gostava dele. Achava-o um pouco porco, porque sempre estava com a sinusite atacada, aí passava o ano inteiro, no meio da aula, coçando a garganta e assoando o nariz, barulhos tão altos que dava pra ter uma noção do tamanho do catarro que saiu. Também achava que ele era burro, porque era desses alunos que pegava recuperação em cinco matérias. Até que me aprofundei um pouco e comecei a entender seus interesses.

Eu estava enganado. Ele não tinha controle sobre suas alergias, e, como o próprio dizia, 'é melhor pra fora do que pra dentro'. Eu concordo; engolir catarro é muito mais nojento que expelir.

Ele se mostrou uma pessoa muito limpa quando fomos à sua casa depois da aula.

Era largado pelos pais. Foram trabalhar em outro estado e deixaram ele morando com a avó desde criança, mas, em vez de focar a raiva no abandono, ele só amava muito aquela idosa. Ela sim era um pouco asquerosa, velha demais, mas um dia havia cuidado dele. Foi sua mãe, como ele mesmo dizia, e o mínimo que podia fazer era cuidar dela. Estranho pensar que eu nunca faria isso pelos meus pais.

Ele cresceu aprendendo as receitas dela. Tinha jeito para cozinha, e logo eu e o Isa queríamos ir lá sempre, porque o almoço que ele preparava, além de encher a barriga, era uma delícia. Ele fazia com muito amor, e sua vozinha comia de um jeito tão débil que a pena que me dava chegou a virar poética. Davi era muito responsável, mas em algo acabou relaxando – no caso, os estudos didáticos.

Ele sempre lavava as mãos e era muito higiênico, além de ser entendido e delicado, mas, na sala de aula, não tinha muito motivo para isso, por essa razão tive aquela impressão.

Acho que deveriam ensinar na escola algumas coisas que ajudassem mais na vida adulta do que química, que é quase outra língua. Na verdade, outra língua seria até mais útil para mim. Mas não, escolheram ensinar bentozenprofoda-se em vez de ensinar como administrar dinheiro, ou lidar com pessoas, ou sobre primeiros socorros, produtos de limpeza ou glândulas de Tyson, que são umas bolinhas que brotam no pinto e parecem sujeira, mas são glândulas – conheci um garoto que chegou a tentar cortar isso e se machucou feio. A vida não tem 1% do que você passa seus melhores anos de aprendizagem escutando."

Esta foi uma das partes dos primeiros e-mails que troquei com meu cliente Lucas, condenado por canibalismo. Antes de ontem, começou a cumprir pena de um ano – o mínimo para esse delito –, e teve que pagar uma multa de vinte e cinco mil reais à família.

Desde então, não consegui parar de pensar neste caso. Na verdade, já faz algum tempo que não paro de pensar nisso.

Isaque e Lucas moravam juntos há dois anos. Eles alugaram um apartamento pequeno de dois quartos e dividiam o aluguel. O convívio era agradável, recebiam amigos com frequência, que reconheceram a boa relação.

Lucas o encontrou depois de ter passado o fim de semana fora, em coleta. Por cursar biologia, frequentemente fazia pesquisas em biomas. Quase sempre, ficava incomunicável pela falta de torres de telefonia próximas. Eram regiões normalmente afastadas, no interior.

Voltou para casa assim que retomou o sinal do celular. Antes disso, estava incomunicável. Havia recebido mensagens da noite passada dos vizinhos perguntando sobre cheiro de queimado, além de uma mensagem de Isaque, que dizia: "Irmão, tá por aí?".

Quando ele chegou, a casa tinha um cheiro quase defumado. Depois de olhar nos quartos, tentou entrar no banheiro, mas logo percebeu a dificuldade de abrir a porta. O corpo desacordado do amigo estava bloqueando-a. Ele sacudiu a porta desesperadamente, até que Isaque, que antes repousava sentado, caíra para o lado, possibilitando a abertura.

Depois de em vão tentar socorrer o parceiro, Lucas olhou em volta, e dentro do box encontrou restos de carvão em uma grelha portátil que ganhara quando se mudou da casa do pai. Eles costumavam fazer pão com linguiça nos domingos à noite, e ele quis que mantivesse algo de si, como esse hábito.

Isaque havia se intoxicado com monóxido de carbono, o que resultou em uma morte por hipóxia cerebral. Alguns sobreviventes relataram que escolheram o método para suicídio por ser "fácil, letal e indolor", o que não era verdade. Exige bastante esforço, e como eu disse, pessoas que sobreviveram relataram isso, então não é letal, nem indolor, "o calor gerado é extremo, o peito dói e uma falta de ar te consome". Além de que, em caso de sobrevivência, pode haver sequelas, como falta de coordenação, distúrbios de locomoção, depressão e psicose.

No colo de Isaque, repousava um caderno que costumava usar para anotar perguntas ou ideias, rabiscar coisas da rotina. Nele, deixou uma carta pra Lucas, que dizia:

"Se isso pegar fogo porque esse braseiro caiu e existir vida após a morte, vou me sentir muito idiota onde quer que eu esteja. Só seria pior se o fogo se alastrasse e você perdesse os móveis, ou o prédio pegasse fogo e alguém morresse.

Deve ter algo depois daqui. Essa vida não deve passar de uma experiência liberal de um cardápio de outras milhões de realidades que podem ser acessadas, algo muito além da nossa compreensão.

Se for o caso, vou tentar continuar te acompanhando de lá. Gosto de pensar nisso, na verdade, mas talvez sejam pensamentos que me fazem tão idiota quanto eu seria se o prédio fosse incendiado.

Passando as formalidades, escrevo essa carta para quem eu acho que vai encontrá-la. Me assusta pensar em como vai lidar com isso, Lucas. Espero que minha imagem esteja tranquila tanto quanto eu estou (não carbonizada e derretida). Se tudo não estiver em chamas, você encontrou essa escrita. É difícil escrever

uma carta de suicídio, então tô tentando fazer sem pensar muito, como se fosse casual.

A realidade é corrompida e, a cada dia que passa, me sinto mais inútil. Apenas existir parece egoísmo, e nada do que eu faça vai mudar o curso da humanidade. Você sabe, o que me fascina nos seres humanos também é o que me apavora. Essa gama infinita de possibilidades.

Os valores estão deturpados. A maioria das pessoas, desde o dia que nasce, já é condicionada a ter certas atitudes, vivendo esse curso em função da sobrevivência, acabamos por agir de maneira instintiva, nos tornamos egoístas porque o mundo nos faz buscar satisfação em desejos, e não na plena existência. Que, pensando da maneira mais humana possível, podia ser harmônica e compartilhada, onde cada um exploraria suas qualidades em função do benefício geral.

Diferentemente de outras espécies, nós fazemos de tudo. Mas, diferentemente de muitas outras espécies, pensamos em nossa conservação individual, e não na do bando. O ser humano é obrigado a pensar apenas na própria sobrevivência em um prazo curto, suas preocupações são ter pão na mesa, dando um exemplo simples. Tornar-se consciente disso também não muda nada, além de causar frustração e indignação.

Líderes com ideais humanitários são eliminados com facilidade pelos poderosos. Com muita facilidade.

Eu penso que a beleza humana está na unicidade, mas ela não nos faz mais importantes. O homem vê muita relevância no fato de raciocinarmos... Se eu fosse um lagarto que espirra sangue tóxico pelo olho, com certeza seria mais foda que esse monte de carne chorando pelos cantos.

Os animais são superiores em tantos aspectos. A vida deles, justamente por ser simples, parece tão grandiosa.

Acho infeliz nos julgarmos especiais por termos o ego, a capacidade de julgar o que está dentro de nossa compreensão, que é só um ponto de vista. Dizemos que outras espécies não são racionais, mas isso é dentro da nossa compreensão de racionalidade. E nos sentimos superiores por lidarmos com a realidade da maneira que lidamos? Isso não faz sentido, a forma que vivemos é aversiva, desequilibrada.

Por que valorizamos tanto algo sem mal saber usar? Muitos estão deixando de viver, preocupados com como serão percebidos, enquanto outros não sentem remorso algum em ir contra a virtude da vida, prejudicando sem olhar a quem, simplesmente por poder.

Se observarmos a natureza, é casual querer conservar semelhantes. Você me disse isso. Que espécie sobrevive sozinha? Eu tenho minha família, tenho meus amores. Mas me sinto humanamente sozinho.

Parece que todos os dias, quando acordo, renego o meu macaco, e isso dói. Sinto que não consigo ser o animal que eu sou. Sinto que me levantar e repetir todo esse looping sem perspectiva é matar minha própria natureza.

Eu acordo e meu corpo pede por comida, mas eu vou trabalhar em jejum mesmo assim, porque, os oito minutos que eu passaria comendo, gastei cochilando depois do despertador tocar, porque o meu corpo pedia por repouso. Mesmo assim eu me levanto.

A questão, Lucas, é que eu estou cansado há muito tempo e já não vejo mais perspectiva de melhora.

Eu insisto e insisto, mas toda a graça que você traz para os meus dias, o conforto de poder conhecer profundamente alguém que ouve e quer ser ouvido, apesar de me consolar, também me entristece. Isso, porque vejo que, assim como eu, você está nessa situação terrestre onde dificilmente poderá ser o que é de maneira pura, para aproveitar plenamente a experiência dessa existência.

Muitas pessoas pensam sobre seus prazeres, mas não sobre conhecer a si próprias.

Tem algo que me faz refletir, que são as pessoas que escutam a própria mente e acabam fazendo coisas tenebrosas e repugnantes (como quem fez uma centopeia humana), e que provavelmente existem instituições governamentais fazendo todo tipo de testes e combinações em coisas vivas numa base nesse instante. Isso realmente me faz refletir, mas nunca chego a uma conclusão além de que "é uma possibilidade".

Até para desejos mórbidos pode haver soluções que não causem mal para a humanidade ou para algum próximo. E eu queria te pedir que fizesse um para mim.

Cada um que passa pela nossa vida nos transforma de algum jeito, e dessa forma ainda estarei com você. Mas também queria que meu corpo, minha coisa, tivesse um fim. É um desejo terrestre uma vontade curiosa que eu queria respeitar. Critiquei, critiquei e no fim estou aqui.

Estou escrevendo isso sábado à noite. Você provavelmente vai me encontrar domingo antes do anoitecer, porque sempre chega de fim de tarde. E domingo à noite é dia de churrasco. Eu quero que você consuma parte do que eu fui. Uma parte de mim, assim como todas as pequenas coisas. Com essa você pode ficar. Ou pode ter a parte de mim correndo por dentro de você, para depois virar bosta. Isso parece bonito de alguma forma, não? Ou será que, depois que a bosta sai, algumas células minhas continuam em você? Dizem que a nossa pele passa por um processo completo de renovação celular a cada sete anos. Então, se faz mais de sete anos que você não encontra alguém, é como se a pessoa nunca tivesse tocado em você. Será que por dentro fica mais tempo? Não tenho ideia, também não sei se essa coisa da renovação da pele é verdade...

Enfim, não quero que pense que peço isso para o meu corpo ter um uso pra eu me sentir útil de alguma forma. Comida tem aí na geladeira, ontem pedi uma pizza de calabresa e catupiry que nem cheguei a comer, ainda deve estar boa, mas coma isso amanhã. Hoje, queria que me experimentasse. Experimentasse essa parcela de mim, que às vezes nem parece eu, meu corpo. Que às vezes responde por si, às vezes escuta minha mente.

Eu não tenho mais nada a oferecer, para ser sincero, além da minha coleção de Akira que você sempre babou... Então, bom, é uma experiência, algo que vai te causar sensações e te fazer refletir.

Você devia chamar o Davi. Também seria uma última coisa a se fazer juntos, nós três. Falem sobre isso ou não; ele nunca foi muito de ruminar ideias e devanear, mas é um ótimo amigo e quer agradar a quem ama. Eu amo vocês.

Fala para ele fazer uma peça do meu traseiro igual naquele filme *Estômago*, e preparar como se fosse uma refeição para a avó dele. Um prato bem lindo de comida.

Parece interessante e, aos meus olhos, bonito. Amigos juntos numa última refeição (para mim, acho que vocês vão continuar comendo normal depois). Agora, vou escrever algo para meus pais aqui. Se depois puder entregar para eles esse caderno, eu agradeço."

Nas próximas páginas, Isaque pediu desculpas à família, repetindo alguns ideais de maneira mais direta, em frases didáticas de filósofos.

Sua relação com os pais era boa; o pai tinha ressalvas sobre a faculdade que Isaque escolhera, mas reconheceu seu talento e claro interesse.

Eles eram casados e viviam em um bairro próximo ao que Isaque morava. Os três se encontravam com frequência e nunca perderam contato. Eles afirmavam que ele sempre se mostrou muito carinhoso, e que seu filho nunca pediria seriamente uma coisa mórbida como a que Lucas realizou.

Isaque não mencionou seu pedido na carta para os pais. Acredito que quis poupá-los, mas, mesmo assim, pediu que Lucas entregasse o caderno, não apenas a parte que dedicou. Então sabia que leriam.

Em alguns trechos, ele dizia: "...O homem não é nada além daquilo que a educação faz dele. E, podem ter certeza, tudo que há de bom em mim se deve a vocês. Cresci em um ambiente muito acolhedor. Vocês sempre me respeitaram e ouviram, apesar de algumas salvaguardas vez ou outra. Guardo em mim todo o amor que me deram.

É absurdo pedir que não se sintam tristes, mas de maneira alguma sintam que falharam enquanto pais. Se um dia eu tivesse filhos, me inspiraria muito na maneira com que me criaram. O amor e respeito de vocês são admiráveis. Apesar do que estou fazendo não ser algo bom, meus pensamentos são claros.

Sinto que viveram uma experiência humana repleta de realizações pessoais. Espero que vocês continuem essas pessoas obstinadas, que valorizam a simplicidade e as relações.

Que não se culpem, porque isso nunca estaria dentro do controle de vocês, e que me guardem em seus corações; não peço que sem mágoas, porque seria impossível. Gerar alguém, ver essa coisa manifestar o que ela é, acompanhar cada dia até que conquiste uma independência e passe a fazer as próprias escolhas... Só o ato de partir de casa já dói, mas a saudade de não ter mais fisicamente disponível com certeza doerá mais.

Um dos meus principais motivos foi a realização de que nunca conseguiria experienciar o que a humanidade tem a oferecer e ser o que careço, genuinamente.

Outro, foi a necessidade de viver dentro da liberdade civil limitada à vontade geral e ao arbítrio dos outros indivíduos. Também não é de hoje que eu tendo a discordar da maneira com que quase tudo funciona... 'O homem nasceu livre, mas por toda parte se encontra acorrentado.' Sinto falta de uma espontaneidade essencial que, na nossa realidade, é quase impossível de ser acessada.

Sejam fortes. Perseverem. Vocês são mais firmes do que eu e podem aproveitar muito o mundo como gostariam.

Entendo que suas crenças devem estar deixando-os preocupados. Segundo o cristianismo, o suicídio é um pecado imperdoável. Independentemente de acreditarem nisso, não exclui a existência de infinitas possibilidades do que pode haver na vida após a morte.. Então a preocupação é válida, mas não me imaginem queimando, porque, com todo respeito, acho difícil esse ser o cenário real. Sinceramente, se escolherem me queimar por não perdoarem meu existencialismo e passarem pano pra pedófilo, eu vou ter que tentar dar um jeito de sair desse outro lugar também.

Mais uma vez, sinto muito. Sinto saudades das nossas quintas-feiras jogando caixeta. E de quando eu era criança e vocês deitavam comigo na cama até que eu caísse no sono. Ainda me lembro de toda a sequência de rezas que fazíamos e das duas músicas que cantávamos. Muitas vezes, antes de dormir, fiquei recordando isso. Me ajudava a cair no sono e trazia uma sensação de proteção porque associei com estar nos braços de vocês". Por essa linha, ele vai seguindo. Lucas me explicou que ele falava com naturalidade sobre a morte e até brincava com a ideia de morrer.

Ele me contou que, naqueles dois anos, viu de perto seu excesso de lucidez. Disse que não parecia haver um segundo em que Isaque estivesse em silêncio dentro de sua cabeça. Apesar de ser uma pessoa lúdica apegada aos detalhes da vida e tentando fazer os dias serem interessantes, tinha pouca idade. Compreender o mundo por detrás das lentes profundas que ele escolheu acabou se tornando fatigante demais.

Ao passar pelas páginas do caderno, havia outros relatos de dias em que coisas curiosas aconteceram, além de desenhos e coisas aleatórias que parecem com algo que se rabisca enquanto fala ao telefone.

Também havia algumas composições que pareciam letras de música. Uma, em especial, me chamou a atenção. Lucas quem me mostrou, Isaque nunca o deixara ver antes. Estava em uma página no começo do caderno, que parecia estar em ordem cronológica, o que me fez estimar que esse livreto estivesse com ele há mais ou menos um ano. Isso mostra que flertava com a ideia que pediu para Lucas realizar há algum tempo.

Estava escrito:

Breve lembrança que terrifica minha clareza,
Aplica sentenças,
Palpita inconsequente,
Sugere um incidente,
Abstrai minha prudência.
E questiona
O que te impede?
Se não puderes
Por que a ideia existe?
Meu olhar reflete vil,
Denso, tétrico, sombrio,
Corta o seu,
Amistoso, ameno, gentil,
Generoso, grande, sutil.
Generoso, ameno, sutil.
Cheio de graça,
Como carne vermelha na brasa,

Me enche a boca, cala.
Como carne vermelha na brasa.
Me enche a boca, cala.

Antes, escrevia porque gostaria de contar essa história da maneira que eu a vi. Lucas permitiu que eu a contasse, pois gostaria que o Isaque tivesse sido mais ouvido, que mais gente se importasse com o que ele buscava. Afinal, era nos outros que ele tanto pensava.

Talvez mais pessoas pudessem se comover e algo voltasse a ser pautado a respeito. Talvez, com apoio público, a pena pudesse ser diminuída. Eu estava e ainda estou disposto a arcar com as consequências que isso venha a me causar. Porém, agora, estou em um cenário diferente.

Antes de continuar, o que faltou contar foi a experiência em si. Como foi para Lucas comer Isaque.

Vou transcrever o que foi dito no áudio que registrei:

"Mesmo depois de se estatelar no chão, o corpo dele permaneceu imóvel, com os olhos abertos e a boca escancarada, como se estivesse dormindo. Isaque sempre dormia de boca aberta.

Quando o segurei, percebi que seu cabelo e roupas estavam úmidos. O beiço pálido e seus olhos não pareciam certos.

Tentei carregar Isaque para fora e trazê-lo de volta. Naquele momento, ainda não tinha percebido nenhum cheiro, mas, assim que respirei conscientemente, senti um odor muito forte misturado ao de queimado. Ele tinha se cagado, assim tive certeza de que estava morto.

Nessa hora, o caderno caiu. Eu percebi, mas só pensava em apertar o peito dele, virar de lado, jogar água na boca e na cara, sacudir, fazê-lo respirar. A boca tinha um gosto amargo. Foi pavoroso.

Então, fiquei do seu lado me contorcendo de dor. Não tem por que falar muito disso...

Decidi pegar o caderno, li cada coisa desde o começo. Não procurei por nada, só queria sentir ele presente. Cada rabisco tinha seu ar e sua letra cursiva e esticada. Quando cheguei na carta, custei a começar.

Passei a noite desacreditado. Senti muita culpa por estar vivo. Ele era fantástico, não fazia sentido que tenha ido embora enquanto eu tenha ficado.

Sempre admirei sua inteligência, compaixão e habilidade social.

Me lembro quando conheci *Taxidermia* dos Titãs. Depois que me interessei – porque ele só escutava isso –, fui conhecer mais dos álbuns, prestando atenção. Essa música, em específico, me fazia sentir estranho. Pensava no Isa quando ouvia, mas não de um jeito ruim.

Penso muito em mim mesmo, sempre pensei, talvez porque os outros ao meu redor sempre estiveram focados em si, e o ser humano precisa ser olhado por alguém. Me sinto egoísta. O que eu tenho para fazer aqui? Tento ser mais como ele, mas não sou.

Esses pensamentos continuam rondando minha mente. Não caio na real sobre não ter mais ele, não posso.

Só tenho fingido que não aconteceu e que logo vou acordar de uma chapação horrível.

Como pode haver vida quando isso é o que restou?

Enfim, eu li tudo. Naquele momento, ele pareceu estar vivo, conversando comigo uma última vez.

Não foi a primeira vez que falou sobre fazer algo que eu nunca tinha cogitado. Na verdade, Isaque fazia isso com certa frequência.

Então, meus sentidos pareciam trabalhar sozinhos.

Os instintos são uma parte intrínseca do ser humano, uma parte fundamental da nossa natureza, o eu mais primitivo.

À beira do abismo emocional nesse cenário caótico, eu sucumbi ao instinto, na esperança de encontrar algum escape para a urgência, eu nem sei do quê, que me consumia.

Meu estômago se apertava, meu coração batia rápido, minha espinha e meus pelos se eriçaram. Ouvia uma voz dentro da minha mente que, ao contrário da minha, soando trêmula até nos grunhidos, me dava orientações firmes do que fazer. A irreflexão foi minha tábua de salvação nos momentos sombrios. Há certa coragem nisso. Almas que permitem deixar seus instintos guiarem ações, reações e escolhas. Afinal, quando a lógica se perde num denso desespero, só nossos instintos gritam com a intensidade necessária para despertar uma centelha de esperança.

Era angustiante, porque eu estava consciente de que minhas ações podiam ser desmedidas e irracionais, mas era difícil resistir ao instinto primal.

Apesar de não ser uma questão de sobrevivência, era uma questão de amizade. Como falar 'não' para um amigo nesse cenário?"

Ele suspirou, tinha passado muito tempo falando. Depois de retomar o fôlego, continuou:

"Bom, eu liguei para o Davi, não sabia o que falar. Ia pedir para que ele viesse correndo e só. Ele não atendeu de cara. Liguei pelo menos umas quatro vezes no celular e lembrei que tinha o telefone fixo da casa. Ele atendeu desnorteado, me xingando. Devia ter visto na bina o meu número e pensado que eu estava perturbando, porque vira e mexe eu e o Isa precisávamos confirmar alguma bobagem de madrugada e ligávamos para ele, que dormia cedo. Até por isso que ele não tinha atendido o celular.

Logo, ele percebeu que não era o caso. Eu estava sério e tinha urgência, então saiu de casa logo depois de desligar. Morávamos perto e ele tinha uma moto. Chegou bem rápido, por mais que o tempo parecesse parado.

Eu tinha deixado a porta aberta. Não sabia quantas horas tinham se passado desde que cheguei. Não chamei a polícia ou uma ambulância porque de nada ia adiantar. Os olhos dele não tinham vida, seu peito não se mexia fazia um bom tempo. Esperava que Davi me ajudasse, mas ele ficou tão desconcertado quanto eu, até gritou comigo: 'Que porra é essa? Que merda é essa?' Tentou acordar ele, pedir para se levantar e parar de graça."

Nesse momento, as mãos de Lucas começaram a ficar trêmulas e a cutícula do canto do dedo mindinho que ele cutucava começou a sangrar, após ele puxar um filete grosso da pele.

"Ele ficou raivoso, eu contei que tinha achado o Isa ali, assim que cheguei da pesquisa. Perguntei para ele se tinha recebido alguma mensagem e mostrei as minhas.

Nós não falávamos muito sobre coisas que considerávamos pesadas a nosso respeito, num geral. Era de vez em quando, algo bem específico. Com o Davi falávamos menos ainda, por saber que ele vivia sobrecarregado. A dona Alda, que já era muito velha e débil quando a conheci, agora era ainda mais. Ela teve um período de melhora no último semestre do colégio, mas, nos últimos anos, Davi até brincava quando perguntávamos dela: 'Tá viva, ainda, firme e forte', e a gente ficava 'Caralhooouuu'. Ele cuidava muito bem dela. Em alguns momentos, cheguei até a achar cruel ele mantê-la viva com tanta manutenção.

Nunca falei sobre isso porque Davi sempre foi sensível a esse assunto, querendo manter dona Alba ali a qualquer custo. Isaque já a levou de carro para o hospital emergencialmente algumas vezes, e era impressionante como toda vez ela se recuperava. Acho que, apesar de tudo, ela tem vontade de viver. Deve gostar de estar com ele; um dá propósito para a vida do outro.

Enfim, o Isa não tinha mandado nenhuma mensagem para Davi, mas ele disse ter visto no computador que ele estava escutando *Estados alterados da mente* dos Titãs, em looping.

Ele se aproximou do cadáver e teve a mesma reação que eu, de checar se o que estava acontecendo não tinha volta. Comecei a explicar por que chamei ele ali e não uma ambulância ou sei lá.

Iniciei o assunto dizendo que Isaque tinha nos deixado um pedido, e dei o caderno na mão dele. Ia deixar que folheasse depois, mas, após ler, ele perguntou se havia mais algo sobre aquilo. Respondi que não, e que havia apenas a carta que deixou aos pais. Davi ignorou todo o restante das páginas.

Ele olhou para mim com uma expressão assombrada. Porém, Davi sempre respondeu muito bem a situações de ordem, e acho que, assim como eu, estava operando em modo primal.

Foi estranho encará-lo. Soltei um "Por favor, me ajuda", como o Isa fazia às vezes, só sabia o que tinha pensado depois de falar.

Ele andou de um lado para o outro, só não urrando porque morávamos em um prédio. Agora eu estou ficando na casa do meu pai, não consigo mais ficar lá.

Ele pegou o corpo encostado no pé da cama e disse para levarmos ao banheiro. Eu não tinha entendido, pensei que ele pudesse querer deixar tudo como estava para chamar a polícia. Entrando no banheiro, porém, ele falou alto: 'Tira! Tira essa churrasqueira daí.' Normalmente ela era pesada, mas quando eu vi já estava deixando-a na cozinha. Quando vi de novo, já estava no banheiro de mãos vazias.

Davi tirou a roupa do Isaque e falou: 'Vamos fazer isso'.

Então, tentei ligar a água quente, entendendo o que queria dizer, mas aquele chuveiro tinha um problema. Se não ligasse do jeito perfeito, ele começava a transbordar umas gotonas por cima, e, além de serem geladas, tinha que desligar para não dar curto. Chuveiro elétrico é muito perigoso, aquele, então, era mais ainda.

Tinha entrado de roupa no box. Levei um rodo para empurrar o resto das cinzas para o ralo, enquanto Davi segurava Isaque debruçado em seu ombro, de costas para mim. Eu não conseguia fazer a porra do chuveiro ligar direito. Desliguei, apertei a parte que vazava para não ter espaço de escapar e tentei de novo, e de novo, até chorar de raiva. Davi botou o Isaque sentado na privada e me ajudou.

Depois de deixar o chuveiro fechado uns dois minutos, finalmente conseguimos ligar certo.

Ele colocou o Isa de cueca no chão do box, encostado na parede. A água caía em seu colo. Fechamos seus olhos depois de molhá-los um pouco e deixamos a água cair no seu rosto. Tentamos fechar a boca, mas ela ficava um segundo parada e depois arriava, parecia até que ele estava se mexendo; foi ruim. Muito triste e perturbador. Davi ficou sentado do lado de fora do box, assim..."

Na imagem, Lucas abraçou as pernas em cima da cadeira, colocou a cabeça entre os joelhos e apoiou as mãos na cabeça.

"Eu lavei o corpo. Percebi um pouco da bosta manchando a água, escorrendo pela cueca. Olhei para Davi, que me ajudou a deitar o Isa de lado, depois ficou na porta esperando. Eu conseguia ouvir seu nariz fungando.

Deixei tudo limpo usando o chuveirinho. Então, enquanto esfregava com a bucha a parte da onde tinha pedido para comermos, lembrei do que estava determinado a fazer e vomitei para fora do box.

Davi limpou pra mim enquanto eu enxugava o Isa. Seu cabelo ficou molhado, e vê-lo ficar seco aos poucos também foi estranho, parecia ter vida.

Vestimos ele com outras roupas limpas. Colocamos meias, cueca, um samba-canção que costumava usar em casa, estampada com o Chuckie, dos *Anjinhos*, e uma camiseta cinza-escuro de tecido bem confortável.

Carregamos ele para a sala. Lembrei de trancar a porta e abri todas as janelas da casa para o ar circular. Colocamos Isaque sentado no tapete. Seria estranho deixar ele em uma cadeira ou no sofá onde estávamos.

Então falei para Davi: 'Vamos ter que falar sobre isso'. Ele me respondeu que estava pensando em como preparar. Perturbado, perguntou se eu queria saber as opções ou se ele podia só fazer.

Fiquei em silêncio, pensando sobre como o Isa poderia ter imaginado. Não sei se ele pensou que eu lidaria bem por tratar a morte com "tranquilidade". Sei que sou uma das pessoas que mais o conhecia, principalmente quem se tornou depois de adulto. Ele deve ter criado uma imagem desse momento com muita beleza em sua mente. Que, por mais hedionda e funesta que seja, ele viu algo formidável.

Essa reflexão me trouxe algum estoicismo para aquele último contato com Isaque em tributo. Tínhamos uma razão, uma razão honrosa, ela ultrapassava meu juízo.

Então, eu disse que sim, queria ouvir as opções que Davi tinha pensado. Ele tinha duas: uma peça bem temperada, acompanhada de mandioca na manteiga e um molho de vinho, ou hambúrguer com fritas.

Isaque amava mandioca, mas imaginar o pedaço de carne no prato pareceu sinistro demais. Se estivesse escondido entre o pão, o queijo, o tomate e a alface, seria melhor. Sugeri que fosse hambúrguer com mandioca frita, ele disse que parecia uma boa.

Ficamos nos olhando. Tínhamos que cortar ele, não era como fazer um bife de açougue, que já vinha fatiado.

Senti muito medo de mim, dessa capacidade humana de enfrentar o que se convence ser necessário.

Não conseguimos falar nada por um tempo. Então, falei para irmos no mercado 24h que ficava a dois quarteirões abaixo, porque não havia os ingredientes, além do Isaque. Porém, parecia errado deixar ele sozinho, então decidimos que Davi iria e eu ia ficar preparando as coisas para quando ele voltasse...

Por ser da biologia, já abri animais algumas vezes. Minha pesquisa é especializada em morcegos. Não seria a primeira vez que ia cortar um mamífero, mas foi muito diferente, obviamente.

Estendi algumas toalhas no chão e deitei Isa ali. Abri uma toalha de rosto ao seu lado e dispus meus materiais sobre ela.

Normalmente, a gente faz um corte pequeno na região pélvica e vamos removendo os órgãos inteiramente pelo buraco. Quanto maior o bicho, maior a ferramenta. Muitas vezes, para grandes macacos, por exemplo, utilizam-se facões. Mandei uma mensagem para Davi, pedindo para ele comprar uma boa faca de corte, porque em casa não tínhamos nada amolado. Meu bisturi e tesouras de abrir morcegos não dariam conta.

Fui limpar a churrasqueira que ele tinha usado. Peguei um saco e coloquei as cinzas do carvão. Nesse instante, senti raiva.

Lembro de pensar: Como ele pôde me pedir um bagulho assim? Como ele simplesmente deixou tudo para trás? Eu sei que as coisas estão ruins, mas eu tinha ele. Estar com pessoas, criar relações, sobreviver em conjunto dentro da nossa individualidade é uma das coisas que traz sentido, assim como descobrir pelo que seu coração chama.

Depois de alguns minutos esfregando aquela grelha com palha de aço para limpar os resquícios da brasa que tirou sua vida, acabei chegando à conclusão de que o chamado de Isaque era muito diferente do meu. Essa não era uma situação simples.

Eu gostaria de descobrir uma nova espécie, é meu sonho. Os animais me fazem acreditar na beleza, na perseverança. Minha existência poderia se resumir a observar criaturas e suas complexidades, que me enchem os olhos a ponto de emocionar. Minha alma se sente inspirada.

Isaque não conseguia contemplar isso. Sempre comparava com a humanidade e ficava insatisfeito. Ele invejava cada ser com sua rotina simples, mergulhando numa vida crua, sem projeções de grandiosidade.

O homem, incapaz de enxergar além do espelho, transforma a convivência com outras espécies num horror, em exploração e desrespeito em função de valores subversivos. Destruindo não apenas relações, mas também o planeta. Sem exagero.

Uma vez, ele me disse: 'Sob o mesmo céu que nós, os bichos testemunham o mundo com olhos desprovidos de ilusões, enquanto o homem se perde em uma iteração que só o prejudica, se afastando cada vez mais de sua essência e natureza. Nós estamos em grande, imensa quantidade, acabando com tudo ao nosso redor. Então, por mais que seja linda a existência, é doloroso vê-la definhando e se consumindo, tentando "justificar" o porquê de estarmos aqui.

O que torna nossa espécie essencialmente interessante é o outro; as diferenças, e não como nos classificamos perante o sistema. Pensar assim está deixando todo mundo louco, em crise, apegado a idealizações irreais do que trará felicidade e se frustrando constantemente com as próprias vidas.

Nossa potência consciente é muito positiva, leva à comunicação e expansão, mas todo mundo só parece nadar no sentido contrário, porque o que pregam é o oposto disso. Afastam nossa visão do real, impõem valores e o que é melhor, sendo que cada um tem os próprios gostos e as próprias concepções. Entretanto, com todo esse contágio externo e a falta de tempo para a reflexão, nos suprimimos. Antes até existia um tempo de ócio, no qual as pessoas refletiam e traziam questionamentos, mas, hoje em dia, não. Vemos um problema e já buscamos distração. Ninguém consegue focar o presente e fazer as coisas de maneira honesta. Ninguém consegue ouvir o substancial; só dão ouvidos ao nosso eu social, que foi contaminado desde o dia que nascemos. A existência se tornou dependente de fatores externos, parecendo não haver nada que possa ser feito para abrir os olhos alheios.

A experiência humana é exaustiva. Estamos mudando o curso das coisas em razão de interesses tão supérfluos.'

Eu me lembro porque me marcou tanto que pedi para anotar, então assim eu fiz." Disse Lucas enquanto lia uma nota no seu celular. Depois disso, ele continuou:

"Bom, a grelha estava limpa, seu corpo também. As ferramentas que podiam ajudar ficaram separadas ao seu lado. Só faltava o Davi voltar.

Quando ele chegou, estava chorando, numa pilha de nervos. Deixou as sacolas em frente à porta e foi até Isaque. Enquanto o segurava, olhava para mim e dizia coisas como: 'Isso é doente, doente. Nós estamos cometendo alguns crimes aqui, Isa, Lucas. Olha isso, ninguém sabe que temos um morto em casa. É disso que ele falava, nós não sabemos de nada sobre o outro. Como podem estar seguindo a vida normalmente? Nós somos garotos normais, temos amigos, família, uma vida normal, e ainda estamos pensando em comer um corpo! Como eu deveria lidar com isso? Por que eu deveria? Eu não posso ser preso, Lucas. O que a gente vai dizer quando os pais dele souberem?'.

Sendo sincero, tinha achado estranha a forma com que ele vinha agindo antes, tão firme na decisão. Acho que estava tentando segurar a barra para mim; ele está sempre segurando barras. Mesmo que fosse muito determinado, era uma situação drástica demais para não se abalar.

Eu tentei não pensar em nada que não fosse o Isa, seu pedido e seus porquês. Afinal, eu o tinha perdido, pouco me importa o resto. Ele me salvou, esteve lá quando tudo ao meu redor ruía.

Enquanto eu me tornava cada vez mais apático e ressentido com a minha família, ele tinha se tornado um familiar. Todo amor que eu nutria era por ele, então, independentemente de ser um pedido curiosamente vaidoso da parte dele, eu faria.

Digo vaidoso, mas ele não era uma pessoa ligada à estética – então não esse tipo de vaidade. Acho que dá para imaginar, afinal estamos falando de canibalismo.

Ele era um cara bonito, mas nunca chegou a conversar comigo sobre sua aparência. Não parecia se preocupar; nem tinha escova quando começamos a morar juntos. Depois, começou a usar a minha.

Acredito que possa ter pedido isso até como uma crítica. Talvez por isso tenha optado por morrer como gado, uma escolha que atribui significado à existência da maioria das pessoas."

Lucas suspirou fundo como quem, por mais que já tenha pensado muito sobre isso, ainda sentia a aflição de não ter tanta certeza.

Ele estralou os dedos de um jeito que eu fiquei espantado; pareceram uns trinta estalos seguidos em todas as falanges das mãos. Até parei de ouvir o que ele dizia. Então, pedi para que repetisse e ele voltou:

"É, eu faço isso desde sempre, e sempre tem alguém que se assusta...

Enfim, talvez o Isa quisesse mostrar que o que importa, no fim, não é fazer com que a vida tenha sentido, afinal a morte é certa, mas fazer com que até as coisas fúteis – como seu corpo – possam se tornar belas, inseridas em um contexto que as atribui estima. Mesmo as circunstâncias sendo horríveis.

Ele adorava contradições que faziam algum sentido. No fim, ele quis morrer como o humano que era, igual àqueles que julgava. Talvez fosse um encerramento da própria identidade, sendo a morte parte disso.

Enfim, eu só pensava nisso, mas Davi precisava pensar sobre si; ele tinha de quem cuidar e um amanhã para se preocupar. Para mim, ter um dia depois desse parecia irreal. Ainda é. Então tentei solucionar. Pedi para Davi se sentar e ele se recusou, largando o Isa e se posicionando perto da porta de saída. Me aproximei e falei tudo que pensei sobre a intenção desse desejo. Não era simplesmente irracional; fiz ele lembrar que um amigo não pediria algo que acabaria com as nossas vidas. Ele só queria o nosso melhor, sempre.

Disse isso, mas, confesso, cogitei que tenha sido só uma ideia idiota, daquelas que o Isa às vezes tinha e que, se enrolássemos um pouco, ele se daria conta e desistiria.

Talvez seja o caso, mas, por ter ficado embriagado de fumaça, não teve consciência para abandonar. Nunca vou saber. Se eu falasse isso, provavelmente o Davi desistiria.

Espero que eu não tenha o levado a sério demais, se foi realmente o que aconteceu. Se houver uma vida após a morte, Isa deve estar perdendo a cabeça de culpa por eu estar falando com um advogado agora.

Aí eu abri as sacolas e vi que o Davi tinha pegado pão francês, bacon, queijo prato em fatias, boas mudas de alface e por aí vai. Questionei ele: 'Você acha isso insano e fez as compras desse jeito?'. Ele tinha feito muito atenciosamente, independentemente de sua cabeça dizer que estava sendo um criminoso. 'Você sabe que não é insano, Davi. Você sabe que isso é um ato de amor', e emendei dizendo que eu sabia taxidermizar, que íamos arrumar bem o corpo e deixar como o achei. Que, com a carta para os pais, descartariam assassinato. Não precisaria de uma autópsia, não saberiam. E, caso descobrissem, eu assumiria a responsabilidade.

Hoje vejo que fui bem manipulador e incisivo.

Ele chorava enquanto eu falava, com uma cara densa, claramente sobrecarregado. Ele fez silêncio e avancei para lhe dar um abraço. Nunca tínhamos nos abraçado daquela forma.

Também me sentia muito, muito mal. Ele ficou com os braços pra baixo e encostou a cabeça no meu ombro. Desabou, quase compulsivo por alguns minutos. Seu corpo pesava e eu o segurava, chorando junto. Acho que os vizinhos não interfonaram para falar do barulho por pena, foram bondosos permitindo que atrapalhássemos a noite deles com nosso desespero.

Nós dois sentamos no sofá, conversamos mais um pouco. Já eram duas da manhã, sabíamos que o próximo processo seria o mais penoso, impraticável em circunstâncias normais. Fumamos, alinhamos como seria e tomamos coragem. Coloquei para tocar a playlist 'rock de branco' do Isa. Ele deu esse nome porque eu sempre chamava as músicas favoritas dele assim, e ele reconhecia. Eu também amava essas músicas, pus pra que não ouvíssemos barulhos dos nossos atos e preenchesse o silêncio da nossa falta de palavras.

Ele desejou duas coisas: que fosse seu culote, como no filme *Estômago*, e que fosse nosso churrasco de domingo. Então colocamos ele deitado na toalha estendida, e eu subi sua samba-canção na perna direita. Identifiquei onde era seu glúteo máximo – para o corte não ir contra a fibra do músculo e pegar o nervo ciático ou alguma artéria importante –, e marquei com um canetão. Por onde sinalizei, deslizei meu bisturi. Fiz um círculo incompleto e fui delicadamente descolando a pele do músculo, enquanto passava a lâmina por entre eles, que iam se separando, quase uma raspagem. Davi continha o sangue escorrendo com outra toalha.

A pele estava na minha mão, presa pela parte que não cortei, como uma tampa. Saía muito sangue. Estancamos um pouco enquanto a vontade de desistir se tornava quase imobilizante.

Atravessando a derme, chegamos na camada de gordura. Eu nunca tinha visto a gordura humana, tinha uma capa bem grossa acima do músculo, era amarela, cor de pus, e lembrava cera de ouvido em grande quantidade.

Davi, por suas habilidades culinárias, é mais proficiente que eu quando se trata de fatiar extensões de carne, então decidimos que ele conduziria essa parte. Ele me pediu licença e encostou a faca que havia comprado onde começaria a incisão.

Ele virou o rosto e mordeu o lábio tão forte que machucou, falou 'ai' e me mostrou para que eu visse o que aconteceu. Ficou bem inchado. Ele tirou um pedaço, deixando um buraco, como uma afta.

Fechou os olhos e preparou os braços para fazer força. Uma mão segurava o quadril de Isa; a outra, a lâmina que se escorava no glúteo maior. Abrindo os olhos, viu o cabo da faca, a banha, o músculo, e só então encarou o corte. A gordura tinha certa plasticidade, que é quando há cristais de sebo sólido e óleo líquido, possibilitando que ela possa ser moldada sem se partir. Era nojento.

A mão que antes pegava no quadril passou a sustentar a fatia que ia cortar, como se segurasse uma cebola. Apoiava a parte grande e ia segmentando com a serra onde tirava os dedos. Mas, em vez de vários cortes para deixar uma cebola picadinha, era só um.

Ele engoliu em seco com tanta dificuldade que eu pude ouvir o barulho. Falei para voltar sua mão onde estava antes, e segurei em seu lugar, ficando em contato direto com a gordura. A consistência não se parecia com nada que já toquei, talvez lembrasse um pouco lodo. Meus dedos afundaram, entrando um pouco.

Davi se apoiou novamente no quadril, possibilitando mais segurança ao braço que faria o serviço. Cortou até a metade. Eu falei para parar e ver se estava dando certo. Fui soltando a peça e o que já tinha sido separado caía sobre minha mão, como um livro se abrindo. Pudemos ver bem os filetes enfileirados de carne. Estava funcionando, só precisávamos terminar.

Olhando para isso, Davi finalmente vomitou. Eu já tinha vomitado tanto da primeira vez que, por mais que tenha tido mais mil ânsias e estivesse enjoado a todo momento, não tinha mais o que pôr para fora.

Ele vomitou no chão da sala mesmo, e percebi que ficou devastado. Pegou o pano sob os instrumentos e limpou a boca com ele, passando na testa, que estava molhada de suor, depois colocou tudo de volta no lugar. Parecia perturbado por tanto estresse que mal raciocinava. Tinha um olhar de criança traumatizada. Então, segurei atrás de seu pescoço com a minha outra mão e falei: 'Vamo! Termina! Vai logo!', eu estava desesperado também.

Ele voltou de onde tinha parado, inspirou fundo, prendeu o ar, e continuou sem respirar até o músculo empacar.

Davi tentou colocar mais força, mas não funcionou. Eu sabia por quê, a gente sempre pensa que o músculo é mais frágil do que realmente é; nunca pensamos que vai ter uma parte onde ele se acumulou em excesso, mas acontece. Em animais de pesquisas, nós usamos tesouras.

Fui até a cozinha, onde peguei o utensílio na gaveta, e levei até Davi. Eu também suava, não conseguia olhar diretamente pra ele, mas reparei que acenava em negação e molhava o traseiro do Isaque com um choro incontrolável. Eu sabia como fazer, então me ajoelhei ao seu lado. Ele me deu lugar. Olhando para aquela coisa abismática na minha frente, que parecia ainda pulsar, cortei.

A tesoura, mesmo sendo de cozinha, era surpreendentemente boa. Cortou e atravessou o acumulado de dureza. Davi pôde voltar com a faca até que o pedaço saísse na minha mão, solto.

Ele colocou as mãos no rosto, sem cobrir os olhos arregalados; os meus corriam por todos os cantos, buscando um lugar para colocar aquilo que estava segurando. Só parei quando percebi o buraco que fizemos e a quantidade de sangue que saía do Isaque..."

Lucas tinha os ombros próximos do queixo, se encolhendo de tensão. Fitava a quina da parede da minha sala e falava com poucos intervalos até esse momento. Até que parou e depois de bons segundos me encarou, querendo observar o que eu pensava. Percebi que ele esperava que eu dissesse algo.

Eu disse: "É duro. Pelo menos, já passamos da pior parte". E fingi escrever algo num caderno. Me senti muito insensível. Tentei parecer o mais profissional possível, por mais envolvido pessoalmente que eu estivesse, achei que não devia ser transparente.

Ele respondeu: "Isso com certeza foi ruim, mas estar aqui consegue ser ainda pior. Não tem beleza alguma nisso".

Eu pedi para que continuasse, ele obedeceu, mas parecia mais pragmático, pensando que eu não conseguiria o ajudar.

"Bom, eu e o Isaque; desculpa, eu e o Davi levantamos ocasionalmente depois de mais canseira e tensão excessiva. Eu peguei o material de taxidermia que tinha separado, e Davi foi fazer a carne moída do hambúrguer. Não havia máquina, ou seja, ele picou o pedaço até virar tritura, fatiou, fatiou, fatiou e fatiou mais, esfacelou tudo."

Lucas pareceu estranhamente sombrio enquanto falava. Era como se estivesse distante, afastado da realidade. Talvez por eu ter tentado não transparecer que estava interessado e pela resposta que dei a ele. Me senti mal.

"Para fazer o que precisava, usei pinças, que serviram para levar pedaços de algodão até pequenos espaços vazios. O algodão não hidrófilo é o recomendado para fazer enchimento de peles. Eu tinha o material, assim como linha e agulha para fechar. Normalmente injetamos formol com seringas em pequenos locais para conservar o tecido e passamos paraformaldeído para fixar a pele, mas isso não tinha em casa.

Antes, precisava estancar os fluídos. Então peguei outra toalha, um balde com água, e fui limpar a ferida.

O buraco era uma visão maldita, com um aspecto vivo que parecia se movimentar por conta do sangue saindo.

Era realmente um machucado, desses que ficam nos cachorros quando descobrem bicheiras depois de sete dias que os vermes e as larvas passaram comendo e procriando lá dentro. Um machucado grande.

Nessa hora, percebi que o chão de madeira tinha ficado completamente ensopado, algumas partes até inflaram por absorver muito do sangue, e até vômito do Davi. E como você sabe..."

Eu sabia. Tinha sido apresentado por outras pessoas às informações e à base da situação antes de falar com Lucas.

"... Os pais de Isaque descobriram tudo por conta desse fato. Tentei esconder, mesmo sabendo que era em vão.

Enfim, notei que ia precisar de mais panos para estancar completamente. Comecei a limpar o machucado, tentando absorver ao máximo, o que não era impossível, afinal, já tinha escorrido muito.

Fiz o melhor que pude e deixei uma compressa por dez minutos, depois apliquei outra por mais dez minutos, até que parou. Por fim, deixei mais um pouco revestido em gazes.

Parecia seco, mas sua perna e virilha estavam muito sujas. Limpei com sabão e mais toalhas úmidas. Nesse meio-tempo entre compressas, aproveitei para limpar o chão da maneira que pude, mas a situação era irreversível...

Fui para o quarto e peguei o que faltava na gaveta de baixo da minha cama.

Tirei as gazes e separei um pedaço pequeno de algodão. Peguei com a pinça e levei até o fundo da ferida. Repeti isso até preencher tudo, com cerca de vinte e cinco bolinhas do algodão. Moldei para ficar mais ou menos com o relevo que a carne tinha, tapei com a pele que tinha descolado e comecei a costurar. Fiz dezoito pontos, não parecia violado.

No fim, acho que conseguimos ser o mais cuidadosos possível, pelo menos com o corpo dele; a respeito do chão, não posso dizer o mesmo.

Amarrei um pano de prato antigo em volta da ferida, vesti a samba-canção por cima e o levei de volta ao quarto.

A cama do Isaque ficava encostada na parede esquerda. Eu o deixei deitado com a lesão pra cima, a cabeça no travesseiro, as pernas dobradas e as mãos juntas próximas do queixo, como se ele estivesse dormindo. Me dá arrepios lembrar que, quando terminei de arrumá-lo, seus olhos tinham aberto. Não percebi em que momento aconteceu, talvez enquanto o transportava... Fechei suas pálpebras novamente e cobri seu corpo com um lençol. Essa hora - eu me lembro pontualmente - começou a tocar 'Flores', dos Titãs. E pela primeira vez eu escutei essa música - que foi o que fez com que eu desse abertura para Isaque se aproximar quando éramos crianças - de uma maneira diferente. Depois disso decidi tirar o som.

Quando voltei para o corredor, reparei num novo cheiro na casa: fritura de cebola com alho.

Fui até a cozinha e era o que queimava na panela. Davi terminava de deixar o segundo hambúrguer no formato que queria. Ele tinha me dito, quando fizemos uma hamburgada em sua casa, que, para ser perfeito, o *blend* da peça deveria ser de 20% de gordura e 80% de carne. Foi o que tentou ao unir os pedaços, que, por sinal, estavam muito bem picados.

Fiquei com medo de perguntar se ele tinha usado a gordura da própria carne, porque não queria pensar que estava comendo aquela crosta que tinha cor de pus, por mais bonito que o Davi tivesse feito parecer.

Ele estava como eu; delegava a função que lhe foi dada, fazia o que sabia fazer, não parecia tranquilo, mas, sim, sóbrio.

Me pediu papel-toalha e uma forma de alumínio para esquentar os pães no forno. Depois, colocou a carne no refogado de temperos que fez em uma frigideira larga de pedra e temperou com sal, pimenta-calabresa, uma colher de manteiga e ramos de tomilho. O barulho que fazia era bom, o óleo estava quente e estourava. A panela da mandioca também estava pronta para fritar. Ele tinha comprado uma bandeja dessas que já vem cozida, sabe?

Me pediu para botar os pães na forma e esquentar no forno preaquecido. Eu obedeci, enquanto ele separava quatro folhas de alface e cortava um tomate.

Depois de selar os dois lados da carne, levou-as à churrasqueira, que tinha deixado esquentando ao lado.

Em algum momento, não tinha mais serviço, era só esperar a comida ficar pronta. Eu olhei pra ele, mas ele não olhava de volta. Nos abraçamos sem muita força, dando tapinhas nas costas.

Faltando cinco minutos para a carne ficar pronta, Davi pegou um prato e colocou quatro fatias de bacon entre dois papéis-toalha. Enfiou no micro-ondas por três minutos e saíram perfeitos, suculentos e sequinhos.

Ele abriu o forno, botou o queijo em cima dos pães e fechou de novo por um minuto para derreter. A carne tinha dourado dos dois lados e a mandioca estava frita, só faltava montar.

Coloquei os pães abertos, um em cada prato, e Davi derramou primeiro o ketchup em cima do queijo, e aí a carne. Ele veio com a grade da churrasqueira quente até a mesa e pegou as peças com uma espátula. Nenhuma desmanchou; tinham o formato perfeito de hambúrguer. Depois, botou um tomate em cada e desistiu da alface. Finalizou com o bacon.

Colocamos a mandioca queimadinha e salgada ao lado nos pratos, do jeito que o Isa gostava. Peguei um suco de uva da geladeira e me sentei para comer com Davi.

Não acredito em muita coisa, mas preferi fazer uma prece. Falei: 'Senhor, talvez você saiba, mas vou dizer em voz alta, eu não me sinto bem fazendo isso, mas só me sinto mal por não me sentir tão mal assim; estou realizando um último desejo de um amigo e faço isso com amor e por amor. Agradeço pelo que vou receber, pelo Isaque. E, obrigado, Davi, pela refeição'. Ele, de cabeça baixa, respondeu: 'Que assim seja'.

Ficamos nos olhando enquanto pegávamos o lanche. Fizemos o caminho até a boca, sem quebrar o contato visual.

Aí mordemos. A primeira mordida não foi difícil, teve motivação. Pude ver pequenos pedaços de gordura pálida. A carne era cinza e tinha o mesmo cheiro da bovina. Não pude sentir nada que se destacasse por ser único. Mas foi pesado engolir e dar as abocanhadas seguintes.

Tentei conversar sobre o que aconteceu mais cedo. Perguntei no que Davi tinha pensado no mercado. Agora que já tínhamos feito, não nos importávamos mais.

Ele não se exaltou ao dizer que *quebrou* ao pensar nas infinitas possibilidades que a vida oferece. Que os animais nascem com instintos e matam por sobrevivência, enquanto o ser humano o faz porque pode. Comete crimes independentemente das leis, como fazíamos naquele momento.

Isso era exatamente o que o Isa mencionava na carta. Foi a primeira vez que vi Davi falando o que sentiu, mas também foi a primeira vez que perguntei diretamente...

Depois de algum tempo, ele quebrou o silêncio de novo (era perturbador a única coisa o preenchendo ser o som da nossa mastigação) pra sugerir de comermos na frente do Isa, já que não sabíamos como funcionava um espírito. Talvez ele ficasse preso dentro do próprio corpo durante um tempo ou algo assim. Eu achei que fazia sentido.

Nos levantamos com o hambúrguer e fomos até o quarto. Isa estava como eu o tinha deixado. Ficamos parados em pé na frente da cama, comendo, quando eu falei: 'Eu não vou abrir seus olhos, mas a gente veio até aqui para você ouvir a gente comendo. Fizemos o que pediu. Isso já é bizarro o suficiente, não vou abrir seus olhos ou sei lá'.

Ficamos ali uns minutos, aí voltamos à cozinha. Quando estava terminando de comer, senti o estômago cheio. Se me mexesse de maneira brusca, com certeza passaria mal.

Olhando para trás, estranho a tranquilidade com que fizemos, mas, ao mesmo tempo, entendo. É muito contraditório; Isa tinha dito que seria.

Na hora seguinte, Davi vomitou de novo. Nosso corpo rejeitava Isaque. Acredito que pela falta do hábito, como comer frutos do mar pela primeira vez. O organismo estranha. Sabe quando você quer muito botar para fora, mas luta contra e é mil vezes pior do que só ter vomitado? Fiquei assim por muito tempo, me recusava a deixar sair. E consegui; segurei. Choramos mais um pouco juntos no quarto e Davi foi embora. Se a sua avó tivesse percebido que saiu, podia ficar preocupada e não seria bom para ela."

Uma pessoa pode ser inocentada ou ter sua responsabilidade atenuada se for comprovado que ela cometeu o crime sob manipulação ou influência significativa de outra pessoa.

No tribunal, foi pontuado pelo advogado de Davi, em sua bem-sucedida defesa, que ele estava sob uma forma de coação moral irresistível, em que suas vontades estavam seriamente comprometidas. Lucas escolheu não se opor, deixando meu trabalho inexecutável, mas seu amigo livre.

Voltando ao que ele dizia:

"Me senti miserável pela exaustão mental, emocional e física depois de tanto estresse e gasto de energia, além de uma puta dor de estômago.

Eu escovei os dentes no outro banheiro, porque só de olhar para o do quarto me sentia atormentado. Deitei na minha cama, de frente para a do Isa, e fiquei lá. Eram 04h12. Minha barriga fazia barulhos insanos, mas, se eu ficasse com ela para cima, o embrulho aliviava. Enquanto eu pensava em como comunicar os pais dele sobre a morte, e sobre *isso* ser o que eu era agora, acabei caindo no sono.

A partir daí, você já sabe com detalhes. Umas 07h30 liguei para a mãe dele e falei que ela precisava vir para nossa casa, porque algo horrível havia acontecido. Antes disso, acordei e terminei de deixar tudo em ordem, mas o chão da sala era impossível de limpar. Sequer havia me tocado que sairia um rio de sangue de um cadáver recente. Os corpos que costumava abrir normalmente eram muito menores e a sujeira era mínima.

Bom, o piso de madeira absorveu muito do sangue, como eu já disse. Em pouquíssimo tempo, as tábuas incharam e adquiriram uma coloração mais avermelhada. Tinha manchado mesmo. Coloquei alguns panos de chão esticados por cima da área e cobri com o tapete extenso do corredor, camuflando com a mesinha de centro. Parecia pouco, mas era tudo que eu tinha ao meu alcance. Eu não sentia uma culpa avassaladora pelo que fiz. Era impossível deixar a cena como encontrei antes, porque muita coisa havia acontecido.

O cheiro do ambiente todo era estranho. Parecia defumado com um fundo de carvão, metálico pelo ferro da ferida, azedo pelos vômitos e perfumado pela limpeza.

Troquei a roupa de cama do Isaque enquanto o coloquei na minha, depois o recoloquei na dele. A ferida estava boa; a pouca secreção que soltou, eu limpei com facilidade, só tinha manchado minimamente o lençol de cima. Fiz um novo curativo – fino, daquela vez – com gaze e esparadrapo para manter seco e evitar contato com a cueca. Vesti ele com uma calça de moletom bem grossa, bonita. Planejei dizer à sua mãe que, uma vez, ele me pediu para arrumá-lo para seu enterro quando partisse, pois confiava no meu bom-gosto, então atendi seu desejo. Talvez isso fizesse com que tudo o que aconteceu passasse despercebido.

Diria que ele estava pronto com a calça e a única camisa social que tinha – era preta, com uma imagem da cara de um cachorro bordada onde normalmente ficaria o bolso. Os calçados e as meias estavam na beira da cama; eram meus Vans de cano alto e minhas meias cinzas, com 'cai' escrito em uma e 'fora' na outra, que o Isa amava e eu emprestava às vezes, já que calçávamos o mesmo número. Quis que levasse algo de mim também.

Seu cabelo estava arrumado e eu fiz sua barba; não foi difícil, ele tinha pouca. Estava bonito.

Acendi um incenso antes da mãe dele chegar. Quando ela entrou, contei partes do que tinha acontecido... No instante em que ela se deu conta de que seu filho podia estar morto, entrou em disparada gritando pelo seu nome.

Chegando no quarto, encontrou ele na cama e o sacudiu. Tentou acordá-lo, até que desabou. O beijava por toda parte enquanto gemia de agonia. Foi horrível, nunca vi tanta dor. Ela pedia por ajuda, gritava por socorro, perguntava se eu tinha matado o filho dela. Eu não conseguia falar de qualquer maneira.

Então, pessoas do prédio a ouviram e vieram atender, entrando pela porta que eu não tinha trancado. Aí começou a comoção. Eu entreguei a carta, que foi pega com raiva da minha mão. Ela pedia para ligar para a polícia, para o marido e para uma ambulância. Entraram duas pessoas, depois quatro, e pedi que saíssem para que ela lesse em paz. Ficaram do lado de fora fazendo as ligações, até que um deles, um com bom olfato, começou a mexer na sala. Quando a polícia chegou, já sabiam que algo tinha acontecido, mas não tinham expressado. E por aí foi...

Quando a mãe dele terminou de ler, a primeira e única coisa que falou foi: 'Impossível'. Então se debruçou no filho e chorou mais e mais, soluçando. Eu me aproximei e encostei a mão em suas costas. Uma pessoa voltou da sala e ficou observando a gente da porta.

Isso foi tudo que aconteceu até que seu marido chegasse. Por seu trabalho ser próximo, ele foi o primeiro a chegar. Também ficou desacreditado. Os dois me exigiam explicações, perguntaram onde eu estava quando aconteceu, começaram a falar de tudo. Minha mente mal processava o que era dito.

Seu pai, diferente da mãe, em vez de ficar perto começou a querer ver tudo em volta. As pessoas de prontidão mostraram o chão da sala, e a partir daí a única pergunta que ocorreu foi: 'O que você fez com o Isaque?', seguida de todo tipo de insulto. Eu não me mexia.

A polícia chegou enquanto o pai do Isa me reprimia, exaltado. Depois veio a ambulância. Tiraram os estranhos de dentro de casa e pareciam querer me ouvir, eu só entreguei o caderno para lerem. Seu pai leu a parte que Isaque escreveu para mim e em seguida foi tirar a roupa dele. Encontraram o machucado.

Por estar fechado e vestido, com tudo encoberto, foi considerado doloso. Me disseram que com certeza era uma das ideias idiotas que Isaque tinha e que apenas uma ameaça à sociedade seria capaz em sã consciência de executá-la, ainda mais sendo com alguém que se diz amar."

Lucas terminou em tom de plena tristeza.

Eu não consegui defendê-lo. Tudo o que dizia foi considerado "vago", sentimental e interpretativo. Nada provava sua inocência e, querendo ou não, o próprio admitia o que tinha feito, sem vergonha, apenas com muita dor.

Foi o caso mais difícil que já peguei.

Vim visitando Lucas na penitenciária desde sua sentença, e, por ter conhecidos no mesmo lugar, pedi por notícias em trocas negociáveis.

Em sua primeira semana, ele parecia estar em um processo de anestesia emocional, como se abafasse tudo, dissociando. Podiam fazer o que quisessem.

Quando conversei com ele, estava muito mais apático do que quando nos encontramos antes, enfrentando sua maior perda.

Depois dessas primeiras vezes, não quis mais receber minhas visitas.

Fiquei sabendo que ele tentava se conectar com Deus, e no dia dezessete de março, exatamente um mês depois do suicídio de Isaque, Lucas se matou, enforcado na cela. Deixou escrito na parede: "Não tem beleza alguma nisso".

Eu escrevia para tentar ajudar esses meninos, mas agora escrevo pela intrigante história. Vejo a vida com outros olhos e não consigo imaginar um desfecho pior para esses dois. Por mais que alguns possam considerar poético, continua deplorável o fim de pessoas tão precoces, especiais e livres no pensamento.

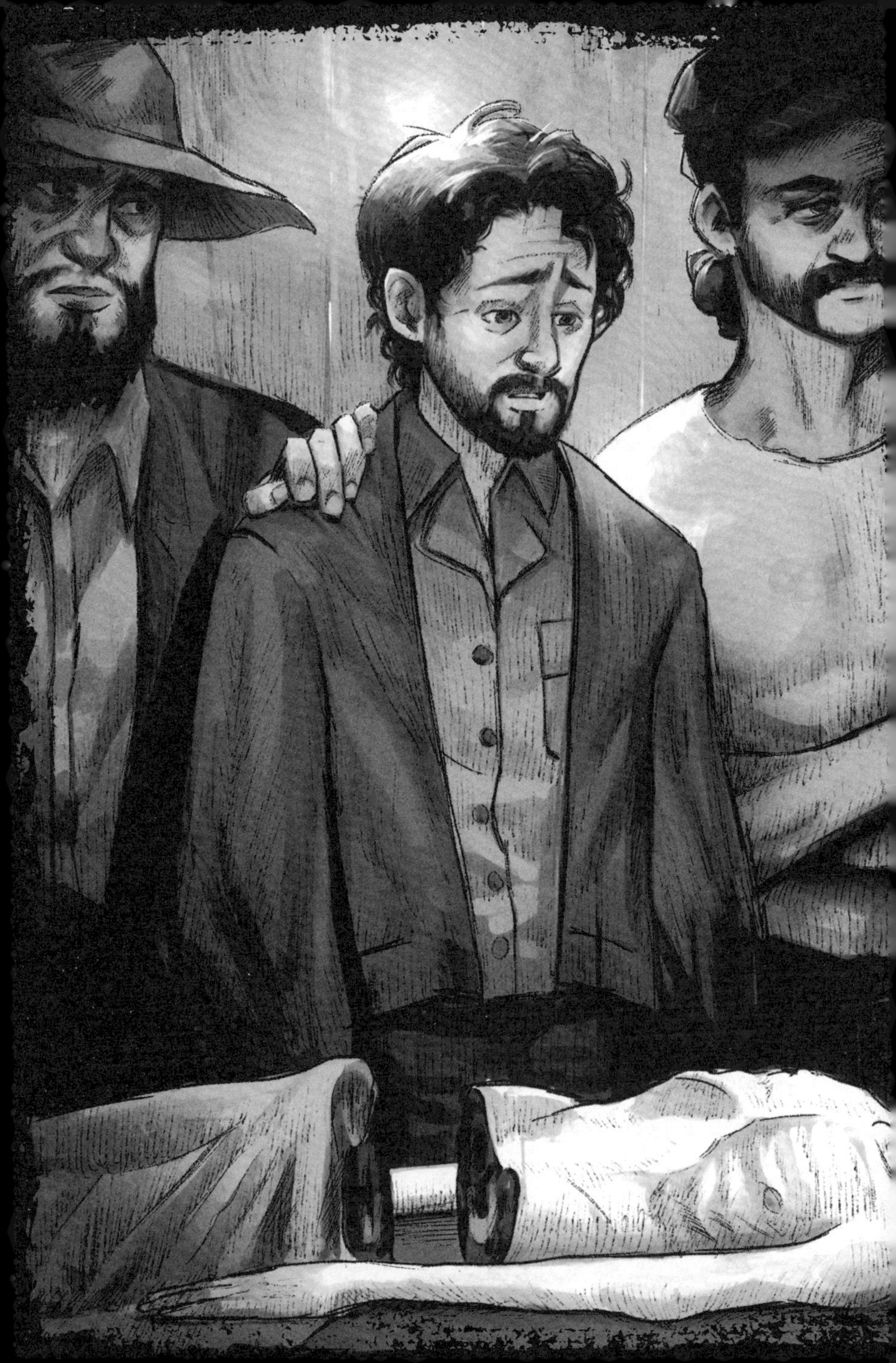

BAÇO

Barros, entendo que tenha que seguir as normas e lamento pelo seu fardo. Eu declaro minha culpa pelo assassinato, mas você precisa escutar-me. Ter enterrado o corpo foi uma medida estúpida de uma mente desesperada. Eu estava atormentado, meus sentidos completamente perturbados, vi aquele ser insólito em sua pura forma, se você visse, reconheceria a anormalidade discrepante dessa aberração, é visceral.

Eu não teria atirado se a criatura não estivesse drenando meus cachorros, que, por sua vez, estavam *em pedaços*. Por mais desequilibrado que estivesse, ainda sou um homem escrupuloso. Foi uma ação radical, mas a situação era extrema.

Os olhos da criatura apontavam para lados opostos, quase completamente revirados, enquanto uma língua tubular de ponta afiada despontava de uma fenda que rasgava horizontalmente seu rosto, em um banho de sangue. A penumbra não me confundiu nem por um momento.

Tudo ainda é claro na minha memória. Eu pagaria caro para que não fosse.

Tenho certeza de que você faria o mesmo, assim como atiraria no que eu vi. Só me dei conta do que era depois de me aproximar e a forma daquele ser restabelecer-se. Àquela altura, não tinha volta.

O corpo parecia como antes, exceto pelo tiro atravessado no peito. Era irreal o que havia acabado de acontecer. Não consegui lidar com aquilo. A carcaça esfriava diante de mim, o sangue se esvaía, misturando-se ao dos meus velhos companheiros. De qualquer forma, eu cavaria uma cova digna para eles, então acabei aproveitando o buraco.

Deveria ter falado com você na hora que aconteceu. Mas, Barros, você precisa acreditar – não tem procedência eu ser responsabilizado por todas as mortes de animais e de um aluno meu. Você sabe que não faz o *menor* sentido. Eu não sou um assassino, não desse tipo. Eu não tive escolha.

Faz quatro dias que eu estou aqui sem qualquer perspectiva. Mal me interrogaram. Acredito que não querem me escutar.

Escrevo este lamento a quem possa interessar. Sinto-me débil, minha enfermidade mental com certeza é irreversível, e lastimo todos os dias o rumo que a vida tomou. É terrificamente frustrante.

Os três primeiros dias aqui foram uma mixórdia interior. Quando não me encontrava letárgico, inconsciente por apagões, via-me absorto. Ainda estou uma bagunça, mas pelo menos voltei a conseguir cumprir funções básicas de seres humanos.

Sinto-me inapto para qualquer atividade que não seja primordial. Escrever é uma prática que sempre me ajudou a organizar a cabeça, e em breve minhas memórias traumáticas começarão a embaralhar-se. Toda vez que recordamos algo, estamos olhando para a última vez que lembramos daquilo. Ficar à mercê da fragmentada mente humana deixa nossas certezas cada vez mais falhas, sujas e esburacadas, por isso quero registrá-las o quanto antes, por mais sensível que seja.

Sempre tive vontade de escrever um livro, mas nunca tomei a iniciativa. Tudo que aprendi veio de obras literárias e do meu pai, que me passou, talvez hereditariamente, esse bom hábito. Jamais cogitei redigir parte da minha vida em Araguaia para que um leitor entediado e pouco exigente pudesse conhecê-la.

Jamais imaginei que a vida, em toda sua brilhante magnitude, pudesse me levar até onde me encontro agora: preso na cela da delegacia de um grande amigo, acusado de homicídio e uma série de outros crimes que não cometi.

Moro sozinho desde meus trinta e cinco anos, quando, em 1911, meu pai, Sebastião, morreu de velhice tranquilamente em nossa cadeira da varanda, um ótimo lugar para repousar e pegar o sol do fim de tarde. Era exatamente o que ele estava fazendo naquele dia, inclusive. Quando cheguei, achei que estivesse cochilando. Não consigo pensar em um cenário melhor para partir.

Eu nunca consegui fazer o café como o que ele passava pela manhã. Quatro colheres de sopa de pó, duas de açúcar e a medida de água era no olho. Por mais que eu saiba como fazer, a execução nunca é a mesma.

Desde o falecimento dele, senti-me cada vez mais solitário, por mais que eu contasse com a companhia dos meus cachorros, o Capa e a Preta, dois pastores, cães comuns na região. Faziam uma boa guarda do terreno, embora em casa não houvesse nada de grande valor. Não tenho pastoreio, mas sempre gostei de cães e vejo beleza, especialmente nessa raça.

Meu pai nunca os deixava entrar em casa; já eu, não me importava com isso. Preta não gostava de ficar lá, era muito agitada, mesmo durante a noite, então preferia ficar no cercado, e o Capa ficava perto dela, onde quer que ela estivesse – eles eram da mesma ninhada. Porém, quando fazia frio, Preta e Capa não hesitavam em se encolher no ralo tapete em frente à lareira da sala, feito de pele de vaca. Quando eu era criança, meu pai dizia que à noite a dona da tapeçaria viria mugir na minha janela, pegar o que era dela e me levar junto se eu não me comportasse. Nunca acreditei seriamente, mas de madrugada, quando escutava um mugido próximo, sentia minha nuca arrepiar. Não gostava de imaginar um animal sem o couro, com a carne pulsando viva.

Os dias eram bem repetitivos. Tornei-me dono de uma "biblioteca" – coloco entre aspas porque não tinha um acervo grande, nem muitos clientes, mas havia um pouco de cada gênero literário que, sem querer ser presunçoso, foi o suficiente para fazer-me ser um dos poucos homens intelectualizados da região.

Quando eu nasci, aqui ainda era Cuiabá. Em 1904, virou Registro do Araguaia, e desde 1913 passou a ser reconhecido como o município Araguaia.

A região conta com cerca de quatro escolas. Uma delas é a casa grande desocupada onde eu trabalhava durante o período da manhã.

O Brasil está buscando seu lugar entre as nações mais desenvolvidas do mundo, e para isso tem focado a construção de estradas de ferro e a alfabetização da população. Mesmo sem uma avaliação criteriosa, fui contratado para fazer esse serviço. Por mais que eu leia muito, não tenho certeza de que sou qualificado para a profissão. Nunca fui dos melhores em ensinar, e lidar com crianças é uma tarefa desafiadora.

Na época, começou a surgir todo tipo de projeto que enfatizava a educação como um pilar fundamental para o progresso. Mas a história se repete: políticos fazem promessas heroicas e, depois de eleitos, nada é desenvolvido.

Ficamos sem fundos e não tivemos como investir na estrutura para que ficasse com cara de ambiente escolar, mas tínhamos uma lousa e algumas cadeiras com mesas. O material ficava por conta das famílias, que compravam no armazém do José, pai da Alana – a mulher com quem eu tinha um relacionamento, mas não sei como estamos agora.

A escola tinha apenas dois ambientes e eu era o único professor lá. Um dos espaços servia como uma recepção/diretoria, onde havia uma poltrona que tinham pegado da casa da Rosa, uma moça que assumiu a posição administrativa do lugar, sem qualquer qualificação. Era a mesma poltrona que o marido dela, Marco, dono do açougue, costumava usar. Nunca chegamos a conversar além das formalidades, mas eu o vi por lá algumas vezes, especialmente quando Rosa ficava ausente e não monitorava se as crianças iriam sumir ao irem urinar.

Havia uma mesa larga com várias decorações aleatórias, nas quais, para ser honesto, nunca cheguei a prestar atenção. Eu sabia que havia muitos papéis acumulados que Rosa não usava; ela tinha essa mania de não se desfazer de panfletos, cartas, avaliações antigas, bilhetes e várias outras tralhas; só faltava guardar papel de bala.

O outro ambiente era onde eu dava as aulas. Tinham crianças de todas as idades, e as separávamos entre "mais velhas" e "mais novas". Para as mais velhas, ensinava matemática básica, como soma e subtração, e também alguma coisa de ciências. Meu objetivo era mais intrigá-las, torná-las curiosas. Eu queria que fossem observadoras, então emprestava livros para pesquisarem e questionarem sobre os assuntos. Essas aulas eram das 7h às 10h. Eu tinha um aluno especialmente aplicado e outro especialmente desleixado; aprofundarei sobre ambos mais adiante.

Enquanto para as crianças mais novas, que tinham aula das 10h40 às 12h40, passava o básico da língua portuguesa. Ensinava-as a ler, escrever e a fazer exercícios. Por mais que eu não tivesse facilidade com crianças, eu gostaria de que fossem capazes de escolher seus futuros.

Uma vez por semana, eu tirava folga e um rapaz mais novo chamado Alceu tomava meu lugar. Ele levava a turma para fora, onde passava alguns exercícios calistênicos para que as crianças crescessem saudáveis. Tais exercícios requerem apenas o peso do próprio corpo; por vezes eu até cogitei participar.

Não posso chamar Araguaia de terra natal propriamente dita, já que nasci em São Paulo. Meu pai me trouxe para cá novo, após minha mãe falecer quando eu tinha apenas dois anos, devido a um tumor no seio. Era como uma massa saliente em seu dorso, que se espalhou pelo resto do corpo. Gostaria de dizer que ela morreu tranquilamente como meu pai, mas, pelo que aprendi – já que não há em mim memórias da época –, ela sofreu muito. Foi gradual e doloroso, como se ela estivesse sendo consumida, lutando contra uma doença incomum e incurável.

Lá, meu pai trabalhava em um jornal que se chamava *A Reação*. Ele já me mostrou algumas edições que havia guardado, em que reunia artigos de escritores muito bons, sendo ele próprio um deles. Foi o homem mais politizado que conheci; nunca parou de estudar, por mais inteligente que fosse.

Meu pai deixou São Paulo por ser incapaz de continuar vivendo no lugar onde perdeu a pessoa que mais amou em vida. Ele sempre falou da minha mãe como a mulher mais apaixonante que existiu. Dizia que eu tinha seu nariz e suas manias, como a de gostar de roer as unhas ou a preferência pelas bordas queimadinhas de bolos.

Ele veio pra Araguaia porque seus pais eram daqui. Não cheguei a conhecer meu avô, pois ele partiu antes de eu nascer, e meu pai nunca contou o motivo de não serem próximos. Meu avô parecia uma pessoa dura. Pelo que me lembro, ele faleceu numa briga por conta de terras vizinhas, depois de tomar um tiro. Em compensação, minha avó era doce, morreu de velhice como meu pai, quando eu tinha dezesseis anos. Ela tinha o cabelo macio, inteirinho branco, e sempre me pedia cafuné. É engraçado porque normalmente são as avós que fazem carinho no cabelo dos netos, não o contrário. Mas eu fazia, e ela gostava. Foi a primeira perda que eu senti, pois já era mais crescido, consciente. Até hoje não desenvolvi uma maneira saudável de lidar com o luto. Carrego muitas angústias e, a cada perda, passei a observar mais a finitude daquilo que há perto de mim. Antes, a vida parecia florescer ao redor desse processo penoso, mas, no atual cenário, isso é improvável. Creio que não vou me recuperar nunca.

    A casa onde eu morava pertencia ao meu avô antes de ser do meu pai. Ao longo dos anos, ela passou por diversas reformas. Sei que foi construída de madeira, pedra e barro. O telhado era feito de telhas de bica, bem comuns por aqui.

    Por dentro, a iluminação era feita com velas de sebo, além de lampiões suspensos por ganchos nas paredes dos ambientes em que eram mais frequentados. Meu pai optou por mantê-los, mesmo depois de começar a usar lamparinas de óleo animal, que consistiam em vasilhas com um pavio mergulhado no óleo do frasco, permanecendo acesas até que a substância acabasse. Eu ainda tenho duas. Acho que ele escolheu manter os ganchos tanto pela questão estética quanto por servirem para segurar seus chapéus pela casa.

Recentemente, adotei a energia elétrica: um lustre com uma lâmpada no centro da sala. Fiz a mudança quando Barros contratou um rapaz para instalar na delegacia – no caso, aqui.

O xerife era policial federal. Todo mundo o chamava desse jeito, julgo eu, por caipirice. Seu nome é Barros. Esta escrita foi redigida a ele, com a intenção de que soubesse o que realmente aconteceu no incidente, mas também contarei sobre sua vida e nossa relação porque acredito que não será o único a ler... Se é que ele vai se dar ao trabalho. Tais informações, por sua vez, são necessárias para o entendimento total das circunstâncias, para que assim possam avaliar e julgar o ocorrido.

Retomando, por dentro a casa também era simples: uma sala de estar, uma cozinha e um quarto, nunca precisamos de mais. Quando meu pai era criança, dormia em um colchão em qualquer lugar, e assim eu também fiz. Por mais que não tivesse a minha mãe, minha avó vivia conosco, e a cama de casal era mais confortável para uma pessoa de idade. Ela a dividia com meu pai, que sofria de fortes dores na lombar. Se não fosse por isso, ele provavelmente me deixaria com ela e dormiria no colchão, como fez a vida inteira.

Por vezes, é bom me permitir lembrar desses momentos. É inevitável pensar sobre o ocorrido, mas memórias mundanas me ajudam. Tenho dúvidas se falar dos eventos será bom ou se apenas vai ajudar a pregar mais os tormentos na minha mente.

Vou entrar na série de acontecimentos que me levou até onde me encontro.

Meu expediente costumava terminar todos os dias às 13h, mas às vezes eu ficava um pouco mais para tirar dúvidas e conversar, na maioria das vezes com o Arthur, meu aluno mais aplicado. Ele era um aprendiz de poesia – não que poesia se aprenda, mas ele se interessava muito pelas regras de linguagem e era apaixonado por literatura.

Naquele dia, uma terça-feira comum, saí no horário habitual. No caminho de volta, deparei-me com um rebuliço na casa ao lado. A muvuca se devia à condição de um boi, que aparecera como se tivesse sido brutalmente atacado por outro animal. Possuía uma série de cortes, como se uma lâmina tivesse sido desferida repetidas vezes pela extensão de seu couro; alguns cortes pareciam estar abertos, arregaçados. O animal tinha vindo da estreita estrada onde morava o senhor Rubens, um homem de idade que não fazia nada além de cuidar de si, de sua família e de seu espaço. O gado era dele.

Benício, meu vizinho, estava ao lado de Rubens. Sou um cara curioso, então ouvi a conversa deles. Benício chegara da igreja quando seu filho, Heitor, meu aluno, encontrou o animal assim. De mais nada sabia além disso. Pelo jeito, ele tinha ido atrás do velho para reconhecer o bicho, pois era dele a criação mais próxima.

Uni-me a eles educadamente e ofereci qualquer ajuda, porém eles negaram, pois estavam esperando o xerife chegar. Então, fui para casa e fiquei disponível no caso de precisarem de ajuda para transportar o bicho estraçalhado.

Cerca de uma hora depois, Rubens bateu à minha porta. O tempo desfavorecera seu porte físico, então ele preferiu pedir para outra pessoa auxiliar nesse serviço. A carroça de Barros havia quebrado e não tinha muitas na região, por isso precisaram de alguns homens.

Rubens voltou para seu terreno. Ele tinha mais de um gado para criar, portanto pediu para ficar informado quando soubessem com o que deveria se preocupar, para evitar que o mesmo acontecesse com seus outros animais.

Levamos o boi até os veterinários da região, a Alba e o Hélio. O bicho estava coberto por lençóis, era muito pesado e o cheiro ficava cada vez mais forte. Chegamos em uns vinte minutos, após uma pequena pausa no caminho.

Acontece que, depois de chegarmos, eu continuei ali para ajudar no manuseio do animal e descobri, pelos profissionais, que, além das inúmeras feridas, faltava-lhe também um coração, e que o órgão desaparecido pôde ser encontrado em seu ânus. Não me pergunte os motivos, eu não entendo até hoje. O que eu posso fazer é apresentar a série de fatos bizarros que vivenciei.

Barros, os médicos e Benício – meu vizinho que mora onde encontraram o corpo – discutiram sozinhos sobre o acontecido, enquanto eu permaneci do lado de fora. Disseram pra mim e para seu Rubens que tinha sido um gato-do-mato, e aconselharam que plantasse capim-limão, porque o cheiro cítrico é um verdadeiro repelente para felinos. Ele não questionou; devia estar preocupado com se sua esposa faria canja na janta ou se tentaria o agradar dessa vez com algo diferente...

Quando perguntei sobre o coração, disseram que havia ido parar no ânus de forma natural. Com todo o respeito de um leigo, respondi que parecia um trabalho humano. Barros me disse que estava aplicando um procedimento para evitar alarde enquanto não tinha como dar certeza do que se tratava, e ordenou que eu não comentasse com ninguém. Eu obedeci. Pensei bastante sobre isso durante as semanas seguintes.

Nunca tinha visto tanto sangue, muito menos um coração dentro de um ânus. Na verdade, não tinha visto nem um coração, nem um ânus de boi antes. Fiquei pensando: por que alguém faria uma coisa dessas? Talvez fosse para algum tipo de seita ou culto...

Não havia o que ser feito. Eu não podia fazer nada, só esperar que Barros aparecesse com notícias.

As próximas semanas foram comuns, tirando a água da minha casa. Foi numa quarta-feira que comecei a sentir um gosto desagradável. Pensei que pudesse ser de terra; às vezes, quando chove, o poço fica enlameado. Então apenas enchi uma quantidade boa para o dia, fervi e tomei. Já na quinta, não consegui beber. A água estava oleosa e tinha um cheiro de estragado. Só então fui checar o que estava acontecendo. Assim que desci até o poço – que não era muito fundo; uma escada fazia o trabalho –, vi uma movimentação debaixo d'água. Por mais que estivesse de dia, era um ambiente escuro, o que me deixou assustado. Logo identifiquei uma criatura parecida com uma cobra larga, mas também com um peixe. Era grotesca, do tipo de coisa que te faz questionar a existência. Por que Deus criaria algo assim? Um peixe-cobra de cara achatada. E como essa coisa foi parar no meu poço?

Estava um pouco machucado, provavelmente por não ter encontrado seu caminho de volta. O poço tinha um acabamento em pedras que revestia toda a lateral, deve ter se debatido ali até cansar. Eu peguei um balde e o capturei facilmente.

Já disse que sou um homem curioso, e naquela quinta-feira estava especialmente desocupado. Decidi levar o peixe-cobra pra Alba, a veterinária. Ela não conseguiu me dizer qual era a espécie, mas recomendou que eu falasse com Luiz, o dono de um pesqueiro que ficava a treze minutos dali. Se não me engano, meu pai já tinha me levado lá uma vez, mas pode ser uma memória falsa.

Sempre gostei de andar, e finais de tarde eram o melhor momento para isso. Então, segui a sugestão de Alba. Eu não tenho cavalo; meu pai já teve, mas vendeu. Hoje em dia, quando preciso, empresto de algum vizinho e o agradeço com alguma compra posterior, mas quase nunca acontece.

No meio do caminho, o bicho infeliz decidiu pular do meu balde. O peixe-cobra tinha picos de energia e espasmos, mas não pensei que fosse saltar. Ao cair no chão de pedregulhos, ficou se debatendo daquele jeito que os peixes fora d'água fazem. Pensei seriamente em só deixar ele ali e esquecer, mas queria mesmo entender como ele chegou na minha propriedade, para que não acontecesse de novo. Tirei a camisa que estava por cima da minha camiseta – gosto de sobrepor, é sempre razoável, independentemente do clima – e joguei-a por cima dele para não ter que encostar nas escamas e o coloquei de volta no balde. No chão, notei algumas pedras avermelhadas; logo reparei que a água também tinha essa coloração. O coitado estava bem machucado.

Segui meu caminho e cheguei num lago médio. Não sei dizer se conhecia esse lugar da minha infância, era muito comum. Havia duas casinhas: uma de aluguel de materiais de pesca e outra que dava em uma cozinha. Ao entrar havia uma senhora com seus cinquenta e poucos anos de idade, suponho que ela era apenas um pouco mais velha do que eu. Logo que atravessei a porta, ela se aproximou e perguntou se podia me ajudar, era gorda do quadril para cima, tinha os braços bem largos, mas as penas finas, e usava um avental velho com uma família de galinhas bordada. Eu perguntei se era a responsável pelo pesqueiro, e ela respondeu: "Só cuido da cozinha, mas você pode pescar à vontade, que meu filho limpa na hora e eu já deixo um prato pronto para você com farofinha de banana e arroz feijão!", assim, tudo junto, escrevi exatamente do jeito que ela falou. Lembro perfeitamente disso porque eu adoro farofa de banana. Em seguida, ela reparou na minha cara sem resposta – estava pensando se ia calabresa, como na receita da minha avó –, então seguiu dizendo: "Meu marido é o responsável, ele geralmente fica nos bancos em volta do lago. Ele tem o cabelo bem grisalho e tem meu tamanho, mas, se preferir, pode gritar. O nome dele é Luiz, ele tem o ouvido bom". Eu agradeci e reparei em um menino que estava ali atrás, provavelmente seu filho; ele era bem esmirradinho, não chegou a se virar quando a mãe o mencionou, parecia bem jovem; deveria estar na escola.

Fui até a beira do lago e dei uma boa olhada. Quatro homens estavam ali: dois em lugares separados e uma dupla junta. Um dos homens da dupla era o tal Luiz, a quem reconheci, então não precisei gritar. Mostrei o peixe para ele, que não se mostrou surpreso. Ele explicou se tratar de um caramuru, um peixe que faz buracos não muito fundos na lama, e que normalmente habita águas estagnadas. Expliquei a situação para ele e seu palpite foi que tinha vindo do rio Araguaia. Ele também me contou que esse peixe às vezes percorre pequenas distâncias na terra, apoiando-se em suas nadadeiras da frente. Completamente estranho. Ele provavelmente cavou um pouco e chegou na mina de água que alimentava meu poço, ou talvez tenha simplesmente *andado* até lá, mas eu duvido muito. Não achamos que viria a se repetir; aquele havia sido apenas um nômade visitante.

Luiz tinha uma voz rasgada de fumo de uma vida inteira e não terminava as palavras. Toda frase parecia uma coisa só, e algumas eram realmente difíceis de entender, mas achei interessante, muito característico. Conversamos um pouco, e para ele também não fazia sentido essas tais criações de Deus.

Perguntei se ele se recordava de algum Sebastião que frequentava o local e que um dia trouxe o filho. Luiz disse que se lembrava de um Sebastião, sim, mas que não era muito de conversar. Meu pai era um cara que gostava de falar, talvez fosse algum outro, ou talvez ele só não gostasse de conversar na beira do lago para não espantar os peixes. Continuei na dúvida...

Luiz não queria o caramuru, muito menos eu. Na hora de ir embora, joguei-o discretamente na saída da propriedade, onde havia uma placa escrito "Pesqueiro São João". Se não me engano, São João era protetor dos enfermos; ele saberia melhor do que ninguém como cuidar do peixe. Esperei um pouco para ver se ele faria algum buraco, mas nada aconteceu, talvez porque estivesse muito machucado. Não senti pena; era só um peixe. Se fosse qualquer outro animal, me sensibilizaria, mas meu pai dizia que peixes não sentem dor por terem sangue frio.

Cheguei à biblioteca, onde ficava até as 18h depois das aulas; tenho esse espaço há seis anos. Não me preocupei em estar presente antes porque quase ninguém se interessava. As duas mesmas pessoas que frequentam são bem honestas e sabem que podem pegar o que quiserem, quando quiserem. Uma delas é aquela garota que mencionei, Alana. Quando eu não estava, ela sempre deixava um bilhete com o nome da obra que pegou seguido de um "fui eu quem peguei" e sua assinatura. Acho que fazia isso porque, das primeiras vezes que ela veio, eu pensava que trabalharia como bibliotecário. Cheguei a fazer formulários para clientes assinarem ao fazer o aluguel de livros, estabelecendo um prazo para devolução e aplicando uma multa por atraso. Foi irrealista acreditar que teria público suficiente para que eu pudesse dedicar-me integralmente, logo me desprendi disso e desisti de cobrar pelos aluguéis.

O outro cliente era um senhor chamado Zaqueu. Ele gostava muito de ler romances românticos, sempre me falava sobre sua esposa falecida e sobre o quanto gostaria de ter tido filhos, além de me contar com qual parte do livro mais se emocionou. Já contei para ele sobre a história que pensei em escrever, também um romance; ele achou a ideia digna. Sentia-me próximo dele quando tínhamos nossas conversas. Muitas vezes, ele ficava lá lendo numa poltrona enquanto eu passava café; ele toma sem adoçar, eu gosto de café doce. Zaqueu passou algumas semanas sem aparecer em março, tinha ficado doente. Disse que foi uma gripe e se recuperou bem. Percebi agora que não tenho ideia de onde ele mora. Um homem tão sozinho... Se falecesse em casa, demoraria dias até que o encontrassem.

Enfim, tirando o caramuru, a semana seguinte foi perfeitamente normal, a água não demorou a voltar a ser potável, mas, nos dois dias seguintes, que fiquei com nojo de ferver e consumir, peguei um pouco da dos vizinhos e fiquei devendo um favor.

A família de vizinhos é composta pelo pai, Benício, a mãe, Aparecida, e o filho, Heitor, sendo este último quem encontrou o boi.

Heitor é meu aluno especialmente desleixado. Eu havia tentado de tudo: aulas particulares, apresentar diversos conteúdos para despertar seu interesse, exercícios didáticos, no entanto nada prendia sua atenção. Quase nunca entregava tarefas e, quando entregava, era pior do que se tivesse deixado em branco. Das primeiras vezes, tentei conversar com seu pai, mas a situação começou a ficar constrangedora por conta da proximidade de nossas casas, então eu apenas continuei tentando educá-lo. Não sou um cara de conflitos. Isso foi o que fiz até parar aqui nesse quartinho.

Não foi só por isso que parei de compartilhar sobre o comportamento de Heitor com sua família. Benício é um homem petulante, eu ouvia com frequência seus gritos. Em uma noite em que tive indigestão graças a uma pancetta que comi no jantar, fui caminhar e o escutei batendo em alguém. Não sei se era na esposa ou na criança, porque os dois gritavam.

Aparecida, por sua vez, é calada. Toda vez que a encontrei, ela não erguia o olhar e falava baixo, apesar da sua voz estridente. Eu entendia seus motivos e tentava passar alguma segurança. Embora não fosse me meter nos assuntos de família deles, se um dia visse aquele homem fora de si eu interviria. As únicas vezes em que eu a vi fora desse estado foram durante suas interações com o Heitor, quando ela se tornava bem ríspida e inflexível. Certa vez, a vi dar um tapa no garoto, daqueles ardidos que não doem tanto, mas que dão muita vontade de chorar. Odiava quando meu pai me batia. Heitor pareceu não se importar na hora, teve o reflexo de se encolher, mas seus olhos pareciam fixos em algum lugar distante.

Ela é magra e pequena, e usa bastante maquiagem, suas pálpebras normalmente pintadas de um roxo-escuro. Eu acho de mau gosto, a faz lembrar uma bruxa. Suas unhas são longas e também pintadas, geralmente de vermelho. O cabelo é comprido, escuro e fino. Aparecida é o completo oposto de seu marido, dono de um porte médio, que dá a impressão de ser maior pelas proporções e pela postura; um físico que se assemelha ao de um urso. O cabelo dele é ralo, suas sobrancelhas largas e seu nariz pontudo – até demais. Que bom que Heitor não puxou isso dele. O menino de cabelo castanho-escuro e curto costuma usar calças compridas e gosta especialmente de uma camisa de manga curta verde. Sua pele é infestada de erupções e feridas de espinhas.

Há também o irmão de Benício, Carlinhos, que, se me perguntassem, não diria que são parentes. Benício é magro, com o rosto fino e marcado por passar muito tempo debaixo do sol. Seus braços, apesar de definidos, não são fortes. É o dono do matadouro da cidade. Aparece semana sim, semana não; tem sua casa no local de trabalho, então às vezes precisa de um tempo ameno, por isso se reúne com as pessoas que chama de família, eu imagino.

Acabei retribuindo o favor da água em uma noite que havia chovido e a lenha deles, deixada do lado de fora, ficou encharcada. Então, pegaram um pouco da minha, e ainda sobrou bastante. Não é preciso muita lenha para aquecer uma pessoa, e, como eu gostava de usar o machado, acabava sempre preparando mais do que o necessário. Dar pancadas na madeira me fazia bem; eu sentia meus músculos e achava que ajudava a aliviar a tensão. Afinal, ninguém gosta de se sentir só.

Numa tarde de quarta-feira, bem no meio da semana, no dia mais monótono possível, Alana entrou na biblioteca com os olhos arregalados, acabando com a quietude do lugar. Inicialmente, fiquei feliz e surpreso por vê-la, já que geralmente aparecia após as 16h, mas logo percebi que havia algo de errado. Ela tinha uma expressão de espanto, diferente da que eu vi no dia em que encontrei um livro do qual ela havia comentado nunca ter conseguido terminar de ler. Sua avó o tinha numa estante decorativa em casa. Depois que a senhora faleceu, suas coisas foram encaixotadas e levadas a outro lugar, e a menina que havia lido só os dois primeiros capítulos numa tarde desocupada nunca pôde saber o resto da história. Ela se lembrava ser sobre um garoto de família pobre que almejava ser rico, e, nas palavras dela, ele se casou por interesse com uma garota filha de político, o sogro o forçou a eleger-se deputado, e então ela passou a escrever os discursos para o esposo, uma novela.

Descobri que o nome do livro era *Numa e a Ninfa*, do Lima Barreto. Consegui essa proeza simplesmente comentando sobre a história com Zaqueu, e ele, como o bom senhor que curtia romances, soube exatamente do que eu estava falando. Não só isso, como também tinha o livro perdido em casa. Uma semana depois, Zaqueu o encontrou e me trouxe.

Com certeza isso me ajudou a conquistar Alana. Ela ficou impressionada ao ver a capa que tinha cruzado há tantos anos. Gostaria de acrescentar que esse livro tem uma leitura bem difícil, aborda muita política e é estranho que uma criança tenha se interessado ou sequer conseguido compreender a obra. Alana é bem especial.

Mas naquela quarta, às 14h, sua feição de espanto tinha outro motivo. Ela não trazia boas notícias. Pediu-me para segui-la enquanto, no caminho, me explicava que tinha visto algo *muito* anormal envolvendo uma capivara. Por impulso, perguntei se o bicho estava com o coração fora do corpo. Ela me jogou um olhar confuso e disse: "Não que eu tenha visto", e me perguntou o porquê de tal palpite. Eu menti, dizendo que tinha visto algo assim em uma história de ficção, e me desculpei. Ela acreditou e respondeu esbaforida: "Eu disse que envolvia uma capivara, mas, na verdade, envolve partes de uma".

Ela me guiou até o rio, e logo reconheci para onde estávamos indo. Tentei conseguir mais detalhes, mas foi em vão; ela continuou caminhando como se não me ouvisse, enquanto me puxava pelo braço. Por mais que eu soubesse como chegar na beira, deixei-a levar-me.

O chão na região estava um pouco escorregadio. Ela se virou para mim, olhou em meus olhos, prendendo minha atenção. Parecia que, se eu desviasse, algum desastre aconteceria. Então ela disse: "Você vai ver uma bizarrice das grandes, eu não soube o que fazer".

Quando ela abriu a visão, deparei-me com a metade superior de uma capivara, e só isso. Na verdade, não "só" isso. Eu não conhecia muito de anatomia de animais, logo pensei que o interior do corpo fosse parecido ao de um humano, mas não era assim. Capivaras têm o intestino enorme, assemelhando-se a uma tênia carnuda, gigante, espessa e cinza. É difícil imaginar como cabia no corpo; parecia que poderia estourar a qualquer momento, como se inflado com gás. Os olhos eram frios, não pareciam em agonia e o corpo não estava rígido.

O mais estranho era a falta de sangue. Não tinha sujeira nenhuma. Um animal relativamente grande, pendurado da maneira correta, levaria horas para esvair tanto resíduo, e, mesmo que ficasse tempo suficiente pingando, ainda haveria resquícios, mas ali não tinha. Não encontrei poças vermelhas próximas ou insetos consumindo. Também não cheirava mal; na verdade, não consegui sentir nenhum cheiro forte o suficiente para me incomodar.

Alana apontou para uns quatro metros dali depois de eu ter passado bons minutos encarando a capivara. Ao me aproximar de onde ela havia direcionado, pude ver a outra metade. Alana parecia aliviada:

"Você está vendo, né? Eu pensei estar imaginando coisas com o anoitecer."

Eu fiz gestualmente um sim. Não era nojento, mas era perturbador porque era igual a uma peça de carne à venda. Esse pedaço de bicho parecia ter sido fatiado por uma máquina, não tinha bagunça alguma ao redor. Não fazia sentido.

Perguntei se Alana havia encontrado tudo exatamente daquele jeito, e ela respondeu que sim.

Questionei-a como aconteceu e ela explicou que tinha o costume de beirar o rio quando ia levar algo do armazém de seu pai para a casa de um cliente, porque era o caminho mais bonito. Ela disse que o percorria com frequência – eu sabia disso –, já tinha visto capivaras vivas por ali, mas foi a primeira vez que se deparou com aquela cena perturbadora. Então, por um momento ela pareceu ofendida sobre as perguntas. Esclareci que não estava acusando-a, só queria entender.

Ela saiu da defensiva e perguntou se eu já havia visto algo parecido. Neguei, mas era outra coisa assustadora que via no último mês. Completei dizendo que achava que deveríamos chamar o xerife, ao que ela concordou e compartilhou o pensamento de que "caçadores não desperdiçam carne desse jeito e animais não fazem cortes desse tipo". Acenei com a cabeça e conversei com ela enquanto caminhávamos até aqui, o posto de serviço de Barros. Perguntei se ela havia pensado em alguma hipótese e ela respondeu "peixe-espada". Mesmo que estivesse assustada, comportava-se dessa forma bem-humorada. Depois disso, negou. Ela me deixava muito fascinado; amo sua genuinidade.

Barros estava sentado à mesa, sem fazer nada, quando entramos. Acho que ele estava pensando na vida. Desejei boa tarde e tomei as rédeas para explicar a situação. Disse que a Alana havia me procurado depois de encontrar uma capivara morta de um jeito bem curioso na beira do rio, e que ele deveria dar uma olhada. Ele respondeu: "Capivaras morrem o tempo todo", e eu respondi: "Não daquele jeito", fazendo uma expressão alarmada. Afinal, nós havíamos visto outro animal morto de maneira grotesca recentemente, e isso o convenceu a ir, seja lá como tenha interpretado meu olhar.

Sugeri à Alana que voltasse ao armazém. Ela não fazia questão de ver a cena novamente, então foi para casa, prometendo me encontrar no dia seguinte para conversar com calma, e comentou com o xerife a razão de estar naquele lugar. Ele nem quis ouvir detalhes; já tinha recebido coisas do armazém através dela, não foi considerada suspeita. Me ofereci para levá-la para casa por educação, mas ela insistiu que eu resolvesse a situação e pediu que contasse caso descobríssemos algo relevante. Imagino o que ela pensa de mim agora.

Conheci Alana por acaso. Antigamente, a venda da cidade era de um rapaz que se chamava Afonso, mas ele se mudou para Cuiabá e deixou o comércio nas mãos do irmão, José, que levou sua filha do meio para trabalhar junto.

Sempre comprei meus mantimentos lá e reparei nela desde o primeiro dia do novo proprietário. Alana ficava atrás do balcão na maioria das vezes, mas era sempre seu pai quem me atendia. Muitas vezes, ela sorria de maneira disposta quando clientes entravam; às vezes estava lendo, às vezes não fazia nada. Foi ela quem puxou assunto comigo pela primeira vez porque, de algum jeito, descobriu sobre a livraria. Depois de algumas conversas, Zaqueu, que também frequentava o armazém, um dia apareceu com uma sacola cheia de livros. Alana se interessou e ele contou onde os tinha conseguido. Foi assim que ela soube. Ela também tinha conhecimento de que eu era o professor da escola; a maioria das pessoas sabia quem eram aqueles com profissões públicas. Alguns me reconheciam, mas as pessoas sem filhos nunca davam a mínima.

 Alana tem o cabelo crespo, curto e escuro, o que torna bem aparente seus fios brancos. Seus olhos são castanho-claros e, durante o dia, parecem cor-de-mel. O nariz dela parece com o de seu pai, e suas orelhas são furadas, sempre acompanhadas por pequenas bolinhas prateadas. Possui um pouco de linhas de expressão no canto dos olhos, quando ela ri de verdade os cantos de seus lábios chegam a sobrar de tão largos, e ela não tem medo do som da sua risada. Seu corpo não é como o das modelos de perfumes, mas como o de uma linda mulher de sua idade. Prefere vestidos de cores apagadas, o que não é um comentário negativo, afinal acho muito elegante e complementar à sua pele. Sempre está usando calçados com cadarço, independentemente de serem sapatos, botinas ou saltinhos; todos que já a vi usar tinham amarrações modernas. Ela se aproximou de mim porque tinha afeição pela leitura, e eu, de prontidão, dei todas as informações de que ela precisava para me encontrar, já que Zaqueu mencionara apenas com quem conseguira os livros, mas não onde.

Posso me estender mais sobre ela depois, mas vou escrever sobre a situação principal antes que me esqueça das palavras que pensei para descrever.

Voltei com o xerife até o lugar. O homem foi impressionado pelos pedaços de carne drenados e pelas entranhas perfeitamente organizadas. Ele ficou verdadeiramente enternecido ao meu lado, e comentou: "Mais um dia encontrando animais em situações bizarras com você por perto", de um jeito aparentemente descontraído, então não dei importância, só respondi que quem tinha encontrado foi a Alana, que ela havia corrido até mim porque estava mais próxima da biblioteca do que da própria casa.

Ele mediu com passos a distância dos pedaços do corpo. Desejou o auxílio de um veterinário, mas não queria tocar nas evidências e nem carregar os restos mortais pela cidade, então preferiu chamá-los até lá.

Na verdade, ele me mandou fazer isso. O único que estava lá era Hélio.

Ele e a irmã possuem algumas características em comum, como o formato e a cor dos olhos, de pele e cabelo – tudo era castanho. Cheguei a cogitar que fossem gêmeos, mas perguntei e descobri que tinham um ano de diferença. Se eu tivesse que adivinhar, chutaria que Alba era mais nova devido ao porte baixo e à delicadeza, mas estaria errado. Pergunto-me se ser veterinário era um lance de família há algum tempo ou se eles foram os primeiros a seguir a profissão.

No caminho, fui descrevendo a situação para Hélio, que inicialmente pareceu impaciente, me julgando um imbecil, mas, depois do meu detalhamento, passou a demonstrar interesse, acredito que pela curiosidade. Alba é bem mais simpática. Ele tem esse jeito arrogante, ouso dizer que é um comportamento de irmão mais novo, ainda mais com os dois trabalhando juntos; deve haver um ar de provação e competição.

Quando chegamos, pela sua reação, parecia que eu não havia lhe dito nada. Ele ficou muito surpreso, como se não tivesse ideia do que acontecera. O xerife me dispensou, disse não precisar de mais nada e que eu deveria voltar para casa. Não foi grosso, mas soou inflexível, então obedeci. Fui preparar a janta, mas não consegui tocar em carne naquele dia. Acabei pegando uns legumes e fazendo uma sopa, por mais que estivesse calor.

    Certo, voltando à Alana. Ela é reservada; nas três primeiras vezes que foi à biblioteca, disse poucas palavras, só o básico da educação e que livro estava procurando. Da primeira vez, ela pegou um livro e solicitei que preenchesse o formulário que fiz quando pensei que haveria fluxo no lugar. Dois dias depois, ela apareceu com ele lido. Com duzentos e quatorze páginas, era *Lais*, romance de Menotti Del Picchia. Nunca cheguei a ler e ela não recomendou a mim também; disse que era interessante, mas nada excepcional. Da quarta vez que foi lá, ela decidiu ficar. Pegou *O Gato Preto*, do Edgar Allan Poe, e foi quando descobri sua preferência por suspenses aos romances e por suco ao café. Comecei a fazer suco de acerola ou laranja das minhas árvores e tentava dar a impressão de que a jarra estava lá ocasionalmente para clientes, mas estava sempre cheia, porque nem eu tomava. Ela percebeu que era a única. Em um dia em que eu estava cansado, até brincou perguntando se "o movimento estava muito intenso". Alana conversava bastante com Zaqueu quando se encontravam, especialmente sobre leituras em comum. Eram ótimos dias...

Depois de um tempo, ela me confessou que também não tinha certeza se gostava mais de suspenses do que de romances, mas achou que seria interessante experimentar, então me falou aquilo, por mais que não fosse verdade. No fim das contas, descobriu que não era mentira. Seu gosto mudou muito desde a primeira vez que a atendi.

O *Gato Preto* eu já havia lido; é um clássico e gosto muito da escrita do Poe, por mais que às vezes seja difícil captar tudo, por conta das traduções. Amo especialmente poder observar a transformação gradual dos pensamentos e do caráter do protagonista devido ao vício em álcool. É narrado em primeira pessoa, como uma confissão, igual eu estou fazendo agora, mas minha história não tem o mesmo propósito da dele. Estou aqui para informar; chocar é só uma consequência. Acho que essa é a diferença de relatos reais, não que *O Gato Preto* não pudesse ser perfeitamente um.

No conto, um homem que era amoroso e cauteloso se torna sádico e cruel, e passa a descarregar seu ódio em seus animais, respingando também em sua esposa. Mostra um cenário muito real e, por mais que a narrativa tenha seu quê de coincidências curiosas, é bem plausível. Consigo imaginar o Benício como o protagonista do conto – que não me recordo o nome agora, não me lembro sequer se ele tinha se apresentado. Inclusive, como não sei quem terá acesso a esse manuscrito, acho que vale me identificar: meu nome é Bertoldo Barbosa da Silva.

Uma vez, meu pai ficou agressivo após se embriagar. Ele me batia costumeiramente depois que eu fazia merdas que crianças fazem, mas, naquele dia, todo seu porte parecia responder de uma forma diferente. Depois de conhecer a obra, pude reconhecer que meu pai, por mais que tivesse me assustado, permaneceu um homem decente dentro do que eu considero.

Não sei se quem está lendo esse relato já leu o livro ao qual estou me referindo, então não vou estragar a surpresa. Alana também considerou ótimo, abriu as portas para uma série de outras obras fascinantes.

Eu e ela começamos a conversar mais após aquela ocasião, primeiro sobre obras e aos poucos sobre assuntos pessoais. Havia dias em que ela escolhia um livro e apenas o deixava aberto em seu colo enquanto passávamos o final da tarde conversando. Até que a convidei para jantar em casa. Ela passou um tempo pensando se tinha algo para fazer – como ajudar seu pai com as contas das vendas –, e então topou sem hesitar.

Marcamos naquela mesma noite. Eu fui para casa assim que ela saiu, lavei-me e comecei a preparar a comida. Queria muito conquistá-la na época, gostaria de poder continuar...

    Preparei um guisado de frango que aprendi vendo minha avó fazer, usei um azeite português caro que tinha para ocasiões requintadas – não que tivesse muitas, usava mais quando tinha um dia ruim e queria recompensar-me. Coloquei cenouras, batatas e bastante cebola. Ela comeu e repetiu, disse que era uma delícia e que nunca foi familiarizada com um homem que cozinhava, muito menos que cozinhava bem. Eu acabei vivendo sozinho, então foi uma questão de necessidade. Não que eu não goste, mas é muito confortável a ideia de chegar em casa e ter um prato de comida quente te esperando. Eu cortaria um dedo por isso agora. Um anelar ou mindinho.

    Eu tinha um gramofone em casa. Meu pai o adquiriu com algumas economias, pois amava ouvir música, mas ele tinha poucos discos. Eram muito difíceis de achar.

    Um era do Enrico Caruso, melancólico demais. Lembro-me de quando ele o colocava para tocar e tirava seu tempo para prestar atenção no que ouvia. Às vezes chegava a ficar emocionado. Nunca foi meu tipo de coisa, sons de lamento. Ele também escutava uma banda chamada Paulino Sacramento, e até hoje não entendo o porquê de ele gostar de sons tão aparentemente descoordenados. Eu sempre reparava em instrumentos que pareciam intrusos na música, era como uma apresentação circense, um espetáculo. Tinha sua qualidade, no fim das contas. Era muito único.

Eu gosto muito de Oito Batutas, eles trazem uma nacionalidade e calor que adoro escutar em dias em que acordo bem. Alana também gostava de ouvir, já chegou a me tirar para dançar uma vez em casa. Ela sabia conduzir, tinha atitude e molejo, enquanto eu ficava como um imbecil balançando os braços. Mesmo assim, foi bom. Isso parece muito distante agora.

Não é muito comum pessoas solteiras na nossa idade, mas, assim como eu, ela perdeu a mãe, então passou a vida focada na família que tinha. Precisavam de trabalho conjunto para funcionar sem uma figura materna presente. Alana também não era do tipo que se podava por adequações sociais. Seu pai teve três meninas, esse era seu universo, logo acabou tornando-se bem arrojado.

Nós acontecemos rápido. Não foi apressado, só funcionou desde o início. Não acredito em cara-metade, mas acredito em pessoas com características que combinam perfeitamente pelo acaso. Nós éramos parecidos no que importava para o outro, e discordávamos em questões frívolas, como sobre molho branco ser melhor do que vermelho, ou sobre pimentão e palmito – ela adora, eu já acho abominável aquele gosto ácido e aquela suculência estranha. Conflitos assim deixavam a nossa relação dinâmica.

Eu a encontrei no dia seguinte do incidente no rio, depois da aula. Almoçamos em sua casa, pois ela não tinha ido trabalhar no armazém; contou para o pai o que havia acontecido e fingiu estar afetada, para conseguir um dia livre. Alana tinha preparado linguiça com arroz, feijão, banana, e havia preparado salada de alface cuja colheita foi feita da horta que cultiva para venda e consumo. A comida dela era muito gostosa.

Contei para ela sobre ter chamado o Hélio para dar uma olhada no animal morto, e que logo depois o xerife me mandou embora. Ela disse que aquilo tinha cara de açougueiro. Ficamos discutindo sobre o caso como se fosse um clube do livro, onde nos deparamos com uma investigação sem muitas pistas. Parecia descomplicado na época, por mais esquisito que fosse. Eu não contei a ela sobre o primeiro bicho estourado, achei que não merecia ouvir. Ela ficava triste com cenas violentas, e ao menos a capivara não parecia ter sentido dor. Ela descobriu essa aflição por meio dos livros e por conta do pai, que às vezes matava galinhas para comer.

Após o almoço, quando estávamos a caminho da biblioteca, afundei meu pé em algo viscoso. Ouvi o som de algo molhado sendo esmagado e meu pé deslizou em falso. Ao olhar para baixo, deparei-me com um vermelho vivo, em pouca quantidade, mas o suficiente para deixar-me consternado. Alguns poucos segundos se passaram até que pude ouvir o comentário: "Que azar, pareciam estar bons". Aí me dei conta de que tinha esmagado morangos que saíam do arbusto ao meu lado. Ele estava carregado, nós até estranhamos nunca termos reparado antes naquela planta. Fazíamos o percurso com frequência e eu adoro morangos; como nunca a vi? É uma fruta difícil de vingar em qualquer lugar, já tentei plantar nos fundos de casa, mas não sabia ao certo como; tentei tirar as sementes com uma agulha, separei uma por uma em cima de um papel, depois coloquei outro por cima pra elas não voarem e levei ao sol pra secarem, pois eu sabia que era assim com melancias, que também crescem em arbustos. Mas os morangos não vingaram.

Dois dias se passaram. Comecei a sentir um grande desconforto para dormir. Acordei às cinco da manhã para fazer café e ir dar aula. Heitor apareceu na sala com hematomas roxos; não era a primeira vez. As marcas estavam em sua têmpora e antebraço, mas, além de não falar a respeito de tal questão, se isolava cada vez mais. Ele não tinha companheiros, por conta do comportamento predatório com as outras crianças, o que era bem destrutivo. Das vezes que tentei dar apoio, ele se mostrou muito retraído e defensivo, não se abria por nada e acreditava piamente que eu tentava conversar para causar-lhe algum mal posterior. Acho que ficou na defensiva pelas vezes em que demonstrou dificuldade nos estudos e eu tive que falar com sua família.

Apesar do que ele fez, ainda acredito que seja uma vítima.

Eu tive uma ideia naquela mesma semana: decidi tirar uma tarde de domingo para colher as acerolas do pé da minha árvore, e as frutas encheram duas bacias grandes. A Preta, minha cadela agitada e amorosa, adorava comer as que caíam – para algo serviam além dos sucos da Alana. Não era uma árvore grande e robusta, mas ficava carregada duas vezes ao ano. Nunca fui chegado em acerolas, porque acho o gosto peculiar, só gostava de cultivá-las no meu jardim pela beleza.

Na segunda, dei aula normalmente. Em seguida, em vez de fazer o almoço e ir à biblioteca, chamei Heitor para me acompanhar na volta. Por mais que ele fosse meu vizinho, sempre saía correndo em disparada assim que o período escolar acabava, então não íamos juntos, apesar de às vezes vê-lo entrando em casa. Ele ficou muito desconfiado, demorei a convencê-lo de que não era uma emboscada. Não sei o que ele estava imaginando, tive que dizer que havia preparado uma surpresa para ele e jurar que, caso fosse mentira, poderia me fazer o mal que quisesse.

Como disse antes, fiz inúmeras tentativas para que ele demonstrasse interesse por algo. Essa foi uma delas. Passamos o caminho competindo, em completo silêncio, quem chutava pedregulhos mais longe. Quando nos aproximamos da casa dele, Heitor me pediu para que a contornássemos para que sua família não o visse. Eu fiz.

Ao chegarmos na minha casa, ele pareceu incomodado com os cachorros, então os coloquei no cercado. Levei-o à cozinha e mostrei as bacias de acerola. Perguntei se tinha vontade de ter suas próprias moedas, ele prontamente respondeu que sim, disse que queria ser como seu tio, e para isso precisaria de muito dinheiro, para o gado e os equipamentos. Fiquei feliz por imaginar que ele tinha algum tipo de referência "positiva" em seu dia a dia. Particularmente, acho perturbador administrar um matadouro. Não é como outras empresas corporativas, mas há gosto para tudo.

Ofereci as acerolas, dizendo que poderia tentar vendê-las – por ele ser uma criança, e ainda com o rosto roxo, ganharia e aprenderia alguma coisa nessa frivolidade. Ele pareceu ter um vislumbre durante alguns segundos, mas logo voltou à sua postura. Ofereci-me para fazer uma placa caso ele quisesse estabelecer-se em algum lugar, como uma barraquinha, mas ele pediu por um folhetim para mostrar às pessoas, passando de porta em porta, sem ter que falar muito. No fim das contas, acredito que ele tenha ganhado alguns réis. Depois daquele dia, Heitor não ficou mais tão cabreiro comigo. Ele também nunca devolveu as bacias, acredito que comentou com os pais sobre a atividade.

Sempre tive vontade de ter filhos, acredito que seria um bom pai. Eu teria muito cuidado. Mas agora não vejo motivos para desenvolver isso; a esperança só me trará sofrimento.

O xerife Barros foi pai, o garoto dele não falava. Alguns diziam ser uma bênção, mas acho esse comentário de extremo mau gosto. Ele não tinha língua e ninguém sabe dizer o motivo, nem mesmo os médicos. O menino babava muito, quase o tempo todo, e apresentava uma má formação da mandíbula e dos dentes que o faziam precisar de uma alimentação especial. Tinha sempre um babador sobre a camisa, seu pai teve o cuidado de fazer parecer aquelas golas bufantes que apareciam em retratos da realeza. Melhor do que ter uma camisa sempre úmida de baba, com certeza.

Não se trata de uma doença crônica ou contagiosa, mas de uma condição. Ele não frequentava a escola e era muito apegado ao pai. Barros me disse que o ensinou a ler e escrever, porém o garoto se comunicava pouco devido à timidez. Gostava de passar tempo com a família, talvez por se sentir mal com olhares de outras pessoas.

Lembro de ter começado a ver essa criança há não muitos anos, talvez três. O xerife disse que deixava ele em casa pois sabia que teria que vivenciar preconceitos, então quis poupá-lo durante seu crescimento. Eu não faria essa escolha. Por mais que tenha sido na melhor das intenções, alguém muito dificilmente vai se acostumar com contato social sem tê-lo na infância. Havia pouca gente na cidade, não era difícil que todos soubessem e aprendessem a lidar com sua condição. Mas entendo a questão protetiva. Crianças acabam sendo más por não terem bom senso desenvolvido, e alguns adultos conseguem ser ainda piores...

Depois de me aproximar do oficial, descobri que as coisas não eram simplistas assim, mas vamos um passo de cada vez.

Tudo ficou tranquilo durante um tempo. Quatro semanas. No meio-tempo, encontrei com o Caio, meu amigo de infância. Meu pai era próximo da família dele, com a qual eu nunca me importei. Gostava da maneira como me tratavam quando ia lá para alguma refeição, mas nunca criei laços com nenhum parente. Ele é um cara bom, herdou o negócio de seu pai de concertos de "coisas", principalmente de ricos, como relógios, câmeras e ventiladores. Caio adorava montar engenhocas elaboradas, e eu me lembro até hoje do que considero sua melhor invenção: ele criou uma ferramenta derretendo talheres tortos que estavam em desuso, depois fez um molde com furos, para produzir vários. Era um espremedor capaz de tirar facilmente o suco de limões e laranjas pequenas. Ele fez tantos que chegou a vender para fora do estado e, mais tarde, vendeu a ideia. Quando perdeu seu pai de maneira trágica – em uma tarde enquanto voltava da mercearia para casa, deram cinco tiros nele pensando ser outra pessoa, em plena luz do dia –, Caio passou bons anos sem ânimo. Houve dias que passei na casa dele após um tempo sem notícias pra checar se estava tudo bem... Em alguns, ele se encontrava moribundo. Tentei ajudar como podia, mas só o tempo o ajudou a restabelecer-se.

Decidi chamá-lo para pescar no tanque do Luiz, que conheci por causa do peixe no meu poço. Ele topou, passou em casa para me pegar e ficamos jogando conversa fora. Caio me contou sobre sua mulher e como andavam as coisas: deixou de trabalhar por necessidade há um tempo e estava tentando ter filhos, cuidava de um cachorro lazarento que pegou da rua – falo assim porque todas as vezes que fui lá o bicho não me deu paz, vivia mordendo meu calcanhar, não tinha uma vez que eu levantasse para qualquer atividade sem que ele viesse me encher o saco.

Eu contei de Alana e comentei sobre as bizarrices que tinha visto. Ele gostava de ouvir sobre coisas da cidade e acreditava em assombrações e monstros. Antigamente, eu achava engraçado. Ele narrou com muita fé sobre um dia em que ouviu gritos durante a madrugada perto de sua casa, e, ao seguir o som, foi levado aos fundos da pequena capela em seu terreno – decidiram manter a construção a pedido de sua mãe, uma mulher que ia todo fim de tarde rezar seu terço. Chegando ao local aonde o berro o levou, encontrou uma mulher com pouquíssimas vestes, coberta em seu próprio sangue. Sangue que escorria de seus pulsos cortados e amarrados em correntes acima da cabeça, mantendo-a pendurada. Ao ver isso, Caio correu horrorizado em busca de um machado ou arma para libertá-la, mas, quando voltou, a única coisa que encontrou foram as marcas das correntes, que friccionaram contra a superfície da parede. Eu não acreditei, especialmente porque a mulher dele garantia não ter ouvido gritos, mas Caio contava com tanta veracidade... Na verdade, depois do que vi, não duvido mais de nada. Só da honestidade do Caio. Ele adorava lendas e colocar medo nos outros. Uma personalidade e tanto.

Bom, contei para ele sobre o que havia visto e ele disse que gostou de saber e que permaneceria atento. Falou que, se eu tivesse qualquer outro relato bizarro, queria ser o primeiro a ouvir.

Ele pescou uma tilápia e um pacu, o último sendo um peixe muito difícil de pegar com uma vara de bambu, porque eles fisgam com muita força, mas Caio o cansou bem. Já eu pesquei duas tilápias, uma pequena e uma grandinha que levei para aquela mulher na cozinha. Foram dois filés que deram para encher a barriga, além da farofa de banana, que era divina, *divina*. O garoto dela ficou nos fundos, mantendo o arroz e o feijão aquecidos. Reparei que seu pescoço era muito fino, diferente do de seus pais.

Quando fomos embora, Caio percebeu que estávamos próximos de um lugar conhecido, onde uma senhora vendia flores. Decidimos dar uma passada lá, já que ele estava de carroça.

A idosa tinha o cabelo pequeno, todo branco, num corte masculino. Achei curioso, talvez tivesse alguma razão médica por trás. Ela cultivava suas plantas em uma espécie de barraca nos fundos de onde morava, expondo as mais bonitas na frente. Tinha uma diversidade grande. Eu não entendo sobre o assunto, mas disse a ela que estava em busca de um

presente para agradar uma mulher com muito bom-
-gosto. A senhora falou que rosas sempre cativavam,
então eu segui sua sugestão. Peguei um buquê com
seis rosas, quatro brancas e duas vermelhas. Ela abriu
suas pétalas delicadamente com as mãos, fazendo parecer que eram maiores, e embrulhou em um papel
marrom duro, amarrando com um barbante desfiado.
Eu achei não muito refinado, mas era muito bonito;
combinava com a casa de Alana.

Quando eu entreguei o presente, ela tirou sarro de
mim, me chamando de cavalheiro.

Descobri que as rosas têm pouco tempo de vida depois de colhidas, mas Alana quis cultivá-las, então espe-
tou os caules em batatas para germinarem e conseguiu
fazer com que brotassem. Passou-as para um vaso largo
e circular em frente à sua casa, que é ocupado por uma
espécie de coqueiro pequeno – pelo menos é o que eu
acho que é. As flores ficaram ao redor dessa outra planta. Ficou lindo; admiro tamanho cuidado.

Alana era muito boa com meus cachorros. Capa
sempre foi desconfiado para compensar a sem-vergo-
nhice da Preta, mas com o tempo também o conquistou.
Apesar de cabreiro, Capa era bem meigo com quem se
sentia seguro e, então, ele passava a proteger a pessoa;
chegava a ser chato de vez em quando. Toda vez que

alguém se aproximava de mim de maneira agitada, ele ficava ouriçado e latia. Um latido firme que assustava os desavisados; o de Preta também era firme, mas um pouco menos alto. Espero que o fim deles tenha sido rápido e pouco doloroso. Espero mesmo.

Além disso, a única outra coisa que aconteceu foi que Zaqueu apareceu fumando um charuto largo e fedorento na biblioteca. Disse que era de nozes, que tinha ganhado de um amigo há alguns bons anos e guardava para uma ocasião especial, mas que se esqueceu dele por tanto tempo que não se lembrava nem da existência. Fumava porque não via mais sentido em guardar coisas na espera por momentos especiais que talvez nem viessem a acontecer; agora ele usaria as coisas que gosta pra fazer os momentos serem singulares ao invés de esperar que ocorram sem aproveitar o presente, preso pela ideia de algo incerto como o futuro. Suponho que tenha alimentado esse pensamento depois da semana em que ficou doente. Ele disse que tudo era temporário e que em breve estaria debaixo da terra; que inevitavelmente tudo acaba, seja quando você escolhe acabar com aquilo, ou no inevitável fim de todas as coisas. Então, por que não aproveitar o agora, já que tudo é impermanente? Como aquele charuto que passou anos escondido e agora queimava.

Eu devia ter pedido Alana em casamento. Ela nunca havia me perguntado sobre isso, era uma mulher muito despreocupada. Talvez, nesse cenário, ela estivesse comigo no dia em que senti que havia ficado irreversivelmente louco e pudesse confirmar o que aconteceu...

Fazia um mês desde que ela encontrou a capivara e tudo voltaria à pacata normalidade.

O xerife é o único homem da lei das redondezas. Quando precisa de serviço, chama um rapaz de bastante cabelo, incluindo o bigode. Seu nome é Fardo – não sei se é realmente o nome ou um apelido, nunca perguntei, mas escolher esse nome para um filho parece uma coisa terrível de se fazer. Ele ajuda quando se trata de força bruta para contenção, ou quando é necessária mais uma pessoa para cobrir os eventos da prefeitura. Faz bico como autoridade e aparece só às vezes. No dia do boi dilacerado, por exemplo, ele não estava. Eu sei que tem família: sua esposa e duas meninas, já as vi algumas vezes. Sempre veste calças escuras quadriculadas, uma camiseta claramente usada e uma boina parecidíssima com a cor da calça. Não dava impressão de autoridade, mas também não seria alguém que você provocaria.

Ele era bom no que prometia, não tratava de assuntos mais cerebrais, Barros nesse momento carregava o peso de informações desconexas sozinho, me parecia sufocante.

Conheci Fardo no dia em que o xerife bateu à minha porta com um olhar aflito, sozinho. Perguntei se queria entrar e ele passou por mim em silêncio, puxando uma cadeira da mesa de jantar e dizendo "com licença". Eu repliquei "toda", mesmo que ele já tivesse entrado. Sentei-me na cadeira à sua frente e questionei ao que se devia a visita, se havia algo com que me preocupar, e ele respondeu que sim, havia.

Perguntou se eu gostaria de me envolver, porque, depois do que ele ia dizer, não haveria volta. Além disso, não poderia me oferecer recompensa financeira. Eu não tinha certeza se queria saber o que ele estava prestes a dizer, mas como falar *não* naquela situação? A curiosidade me venceu e respondi que tudo bem.

Ele começou dizendo que, duas noites atrás, havia acordado com sua vizinha aos gritos. Cinco da manhã, berros completamente aflitos e que chamavam por seu nome em absoluto desespero, quase animalesco. Ele ficou de pé nos primeiros barulhos, saiu de sua casa o mais rápido que pôde, e, quando chegou empunhando sua arma, deparou-se com o corpo morto de uma criança. Mais adiante, o cadáver de uma cabra em um cercado, ambos com algo em comum: pareciam peças de açougue. Partidas ao meio e sem sangue.

A mãe apertava o tronco do filho contra seu corpo, implorando para que acordasse. As vísceras da criança estavam penduradas e enxutas, tudo pendia. O marido tentava voltar os órgãos ao lugar e pressionava a peça inferior contra a superior, buscando um encaixe. A cena mais lúgubre possível. Foi a pior coisa que já tinha visto em sua vida.

Barros estava sem rumo e precisava de ajuda. Não conseguia pensar sozinho, estava andando em círculos. E eu, além de ter visto algo parecido, era o mais instruído da região.

Aquela mãe havia acordado como de costume e, ao sair de casa, deparou-se com uma carnificina. Numa noite, colocou sua criança para dormir e, depois de niná-la, seguiu para seu quarto, onde permaneceu adormecida até aquele momento.

Não havia pistas. Provavelmente o garoto teria saído a noite para urinar e no caminho cruzou com seja lá o que quer que tenha devorado a cabra da família também.

Os pais foram acolhidos pela prefeitura. Mantinham-se em silêncio sobre o ocorrido, recebendo "toda atenção necessária", e acredito que algo além disso para ficarem quietos. Mesmo assim, precisava de muito sangue frio para aceitar. Eu jamais conseguiria deixar outras pessoas correndo risco e me calar a respeito da perda de um filho, independentemente do dinheiro que me oferecessem. O xerife também pensava assim.

Mas talvez estivessem em choque, com a esperança de que a prefeitura fosse fazer algo a respeito em breve, ou talvez possuíssem valores diferentes. São as explicações que consegui imaginar. Depois de um velório privativo, enterraram o menino em caixão fechado com a promessa de vingarem sua morte.

Barros chamou Alba e Hélio para examinar a cabra. Eles fizeram uma nova descoberta: o animal não possuía baço. Havia sido retirado manualmente, como numa cirurgia de extração.

Sozinho, Barros foi checar o garoto, que havia sido tirado de seu repouso sem que os pais soubessem, para que a investigação fosse averiguada, e a capivara, que tinha permanecido conservada, mesmo depois de semanas. Ambos tinham o mesmo órgão faltando. O boi tinha sido enterrado, pois se decompunha normalmente, era inútil consultá-lo. Deteriorado, não era mais uma evidência.

O homem se encontrava catatônico, não tinha perspectivas de por onde começar, pelo que buscar e a quem recorrer. Achei uma medida precipitada compartilhar tais informações com alguém que ele não conhecia intimamente, por mais que antes eu tivesse tentado demonstrar estabilidade perante as aberrações e tenha me oferecido a ajudar.

Eu acredito em duas coisas: no dia da capivara, ele disse que era a segunda vez que me encontrava perto de um animal dilacerado, então talvez estivesse cogitando algo a meu respeito e quisesse observar de perto. Também podia ser que ele estivesse realmente desesperado por uma segunda opinião para ajudar na investigação, e por eu ter me mostrado uma pessoa confiável não comentando sobre o que tinha visto com ninguém, decidiu tentar. Talvez as duas coisas, eu poderia só ter questionado... Independentemente do que fosse, ele decidiu confiar a mim essas informações.

Perguntei a razão de não ter pedido reforços da polícia para o governo, ele disse que havia feito, mas que disseram: "É uma cidade pequena e são incidentes incertos, não podemos alarmar sem apresentar informações concretas da ameaça, isso só pioraria a situação", além de "Não me diga como fazer meu trabalho", "Não levante a voz" – Barros não tinha feito isso –, "A região não pode perder valor agora" e "Não é por um animal de natureza selvagem da região que demonstraremos fraqueza, ainda não respeitam Araguaia enquanto um município, um escândalo desses traria muita atenção negativa".

Para eles o pior que pode acontecer é um recém-nascido município apresentar histeria e o governo ficar malfalado pela falta de administração da situação. Ao invés de mostrarem seu valor solucionando momentos de crise, prezando pela redução de danos, dando atenção e recursos a quem contém os problemas na linha de frente, preferem focar as aparências. Fazem vista grossa e enchem o bolso de dinheiro, que deveria ser direcionado a funções públicas.

Se só olham para uma questão quando ela se torna de conhecimento geral, imagina o quão grande ela precisa estar? O quão mais difícil vai ser resolver? O que pode ser pior que a morte sem sentido e brutal de uma criança?

Parece que preferem que o caos aconteça, que saia de controle a ponto de ser impossível conter e assim possam dizer "A partir do momento que tivemos conhecimento, tomamos todas as medidas possíveis, mas não foi suficiente", desvencilhando-se do problema.

Lembro-me de quando o Virgulino, nosso atual prefeito, concorria ao cargo. Um grande sujeito, extremamente empático e inteligente socialmente, que me conquistou por parecer pensar de forma realista e moderna, aberto a ouvir e discutir. Talvez ele até fosse assim, mas a política é lesiva e embriagante. Votei em propostas que agora pareciam ter sido escritas por outra pessoa, tudo continua como antes.

O sistema não coopera para que as coisas se transformem caso as mudanças não interfiram em seus interesses pessoais; um homem sozinho com suas ideias é consumido ou descartado.

Chega a ser pior do que não ter um governo, porque eles ainda sabotam quem tenta fazer o serviço à parte e ajudar uns aos outros. A alta sociedade é repugnante, a futilidade de alguns humanos é muito asquerosa, é chocante pensar que quem faz isso continuar é intocável, são quase figuras distantes e impunes.

É como uma cadeia alimentar onde desde o dia em que você nasce é designado a um futuro e a uma realidade, preso numa hereditariedade injusta. Não existe mérito, suas oportunidades estarão de acordo com a sua posição social, e, se você não abaixar a cabeça e se conformar, ignorando a consciência das coisas básicas de que precisa uma sociedade, terá que lutar muito pra sair do lugar, isso caso não te devorem completamente no caminho.

Acabei me estendendo. Barros se sentiu abandonado. Deixaram todo o peso em seus ombros, afinal "era seu trabalho". Ele era o responsável pelo perímetro, enquanto os outros profissionais das redondezas tinham outros problemas "tão grandes quanto" para lidar.

Barros tinha esperança de que, se acontecesse mais vezes, ou de uma forma que os afetasse diretamente, olhassem para a situação com algum respeito. Ele pensou em pedir ajuda profissional por si só, mas, se descobrissem, perderia todo o respaldo de sua família. Citou que já tinham o ameaçado mais de uma vez. Ele não sentia medo apenas de ser demitido por motivos pessoais, mas também – e principalmente – porque outra pessoa assumiria seu cargo. Acreditava que era mais qualificado que um estranho contratado pelo novo governo. Por mais que estivesse perdido, não era covarde, nem acomodado, queria resolver essa situação e faria de tudo ao seu alcance. Barros não podia aceitar a morte de uma criança sem explicação, e não podia deixar acontecer de novo.

Uma vez, ele me disse que, se juntássemos os neurônios funcionais de todos os homens com quem ele tem que lidar, não formariam um cérebro completo. Às vezes era por isso que não o deixavam ter um parceiro; mais de um cérebro pensante empregado seria um problema. Achei engraçada a forma com que falou, ao mesmo tempo que parecia indignado, sentia certa pena.

Lidar com essas figuras é como ensinar multiplicação a uma criança. Ela vai preferir somar um por um dos números e ainda errar a conta.

Voltando à discussão, Barros me pediu para cooperar, não como uma súplica, mas como um homem que tentava ter controle sobre o que estava fazendo. Eu não sabia o que pensar. Minha vida, apesar de tediosa na maior parte do tempo, tinha beleza em sua tranquilidade. Porém, algo bem maior acontecia na minha frente e eu pensava não ter muito a perder.

Depois da conversa, acabei concordando. Barros disse que eu seria recompensado. Ele estava arriscando muito, mas eu o entendo. No seu lugar, teria feito algo parecido. É muita responsabilidade e peso para um só – ou dois, com o Fardo.

Por hora, ele cogitava gerar um alarde pelas ruas para que a comunidade ficasse atenta, mas isso poderia acarretar uma série de problemas, como pessoas paranoicas atirando aleatoriamente em noites de penumbra. A única coisa plausível que pautamos foi o boca-boca; espalhar como uma fofoca, sem todas as informações. Isso deixaria o benefício da dúvida, mas pelo menos algumas pessoas poderiam ficar atentas, o que era melhor que nada.

Era atordoante receber tantas notícias macabras, mas ficou pior quando descobri que o garoto finado encontrado junto à cabra era o meu menino mais interessado. Meu aluno fascinado por poesia e apaixonado por literatura: Arthur.

Era muito bem-educado, uma criança promissora. Tinha suas manias e parecia ter problemas de atenção quando o assunto não era de seu gosto, mas isso não o atrapalhava em seu desempenho, pois sempre tirava dúvidas ao fim do dia, além de estudar em casa. Sua paixão pelo aprendizado era palpável em cada palavra das redações e em cada discussão que desenvolvíamos. A dor e o choque foram avassaladores, deixando-me incapaz de articular. Fui consumido por esse momento sombrio e doloroso, onde jaziam muitas perguntas sem respostas.

Lembro-me de que ele colecionava botões. Um dia, Arthur notou algo e foi me contar: os botões da minha camisa bege-escura, com linhas claras bordadas, tinham uma transparência amarelada, envelhecidos pelo tempo, e, ao que parecia, minúsculos fiapos brilhantes dentro. Arthur não focou a matéria porque não conseguia tirar os olhos dali. Ele veio me pedir um, acanhado, explicando sobre sua coleção e sobre não ter nenhum que parecesse com o da minha camisa. Eu havia dito que não daria porque não podia deixar um buraco sem seu parceiro, então ele me perguntou sobre o último, já que ficava sempre por dentro da calça. Acabei cedendo porque a argumentação dele foi boa, e realmente não me faria falta. O garoto ficou deslumbrado.

Imaginar que alguém tão cheio de vida e energia foi subitamente arrancado deste mundo de uma forma tão brutal foi devastador. Só não doeu mais do que ver seu corpo. Mais tarde naquele mesmo dia, Barros me deixou escolher se faria isso.

A fortaleza da minha razão havia sofrido rachaduras, meu entendimento havia sido confrontado por algo nada familiar. Pensei que, por conhecê-lo, vê-lo pudesse ser útil pra reparar em algo que não tivessem notado ou para caso eu encontrasse com o responsável. Talvez eu só quisesse vê-lo para confirmar a realidade. Senti que devia conferir, queria ver Arthur, não o que vi. Difícil explicar...

Foi um erro, devia ter permanecido apenas com a descrição. Nada pude acrescentar e fui assolado pelo sentimento de horror. Também não me ajudou no que fazer quando me deparei com a ameaça na minha frente.

Ao olhar para Arthur, achei meus motivos de ter aceitado colaborar impróprios e estúpidos. Independentemente da intenção de ajudar, deveria ter me isentado. Por mais que eu soubesse como o corpo estaria, nunca havia visto um, senão dos meus familiares que faleceram de doença ou velhice. Aquele, além de ser pequeno, estava partido em dois e, de tão enxuto, não parecia de verdade. É o tipo de imagem que você nunca deveria cruzar em sua vida. Não havia cheiro nenhum vindo dele, era como um boneco embalsamado. Seu rosto permaneceu coberto, mas, pela forma feita no tecido, parecia rígido, mesmo que repousasse.

Ele estava sobre uma maca de metal em uma área com cortinas do barracão acoplado à delegacia. Barros me conduziu até lá enquanto entrava em detalhes após eu concordar em fazer parte de sua busca. Não era um barracão grande; tinha bancadas, uma lousa com coisas escritas em giz branco meio apagado, algumas ferramentas e papeladas. Os cadáveres foram movidos para outro lugar depois daquele dia. Não tive o desprazer de estar no mesmo ambiente que eles novamente, havia sido inquietante durante todo o tempo.

Precisei tomar alguns momentos para me recuperar. Fui para fora e comecei a questionar minha coragem diante do desconhecido, tinha mergulhado fundo demais em pouquíssimo tempo. Eu só queria colaborar com a autoridade, movido pela curiosidade e envolvido numa coincidência.

Mas Barros tinha pressa, e foi bom não ter me dado muito tempo sozinho. Depois de alguns minutos, ele se aproximou falando, enquanto me levava para dentro: "Nós temos que nos mexer, eu sei que é difícil. Se é para mim, que sou policial, imagino para você. Não é sua função lidar com esse tipo de coisa. Você ainda pode desistir, não vou te impedir. Mas você está aqui por uma razão, seu aluno precisa de justiça e nós precisamos de você para ajudar a encontrá-la. Da sua inteligência, sensibilidade e capacidade de análise. Você tem a chance de usar isso para honrarmos a memória de Arthur e trazer paz à sua alma. Agora, mais do que nunca, precisamos de alguém que ajude a encontrar respostas para o que aconteceu".

Me afastar não era uma opção. Estava determinado a sanar a incógnita, por mais apavorado que estivesse, afinal seria impossível ignorar a estranheza do achado de Alana no rio e a morte do menino. Se eu viveria em angústia de toda forma, que pelo menos eu tentasse fazer algo a respeito.

Fardo, que estava lá – foi quando nos conhecemos –, me mostrou o que sabiam até o momento, colocando todas as cartas na mesa. O que tínhamos era:

Dia três de maio de 1924, uma terça-feira à tarde. *O bezerro foi encontrado com múltiplos ferimentos feitos por uma única lâmina; o coração estava fora do lugar, havia sido realocado de forma não natural no ânus; o corpo se encontrava ao lado da casa de Benício em horário de almoço.*

Dia dezoito de maio de 1924, em uma quarta à tarde. *A capivara foi encontrada pela Alana no rio com um corte precisamente simétrico, não aparentando ter sido feito com o mesmo objeto da situação anterior, era como o de uma guilhotina, mas não sabiam o que poderia cortar algo de maneira tão precisa se não esse grande objeto, que não passaria despercebido pelas redondezas. Um serrote teria causado danos no tecido muscular, então ferramentas como tal foram descartadas. Lâminas aquecidas teriam selado a derme no corte, também não eram uma opção. Além disso, o animal quase não tinha resquícios de sangue e seu baço não estava presente. A incisão que cortava o órgão também não teve sua ferramenta identificada, mas havia sido feita precisamente, o que indicava ser um ato deliberado.*

Dia dezessete de junho de 1924, uma sexta. *Arthur e a cabra foram encontrados nas primeiras horas da manhã no quintal de casa nas exatas condições da capivara, drenados, igualmente sem vida e com o baço faltando.*

E era só. Adoraria passar algum tipo de segurança, mas estava completamente desnorteado. Decidi pesquisar sobre esse órgão ausente nos três, porque não tinha ideia de sua função, assim poderia pensar melhor no porquê de algo tão específico. Me ofereci para procurar informações, mas não foi necessário. Eles já haviam falado com um médico e descobriram que o baço é encarregado da filtragem do sangue, capturando velhas células e eliminando-as. Também funciona assim em animais.

Não tínhamos pistas envolvendo pessoas que tivessem os possíveis objetos utilizados, nem horários certos para criar um monitoramento e nem um padrão entre os seres que foram abatidos. Sabíamos apenas que havia órgãos fora do lugar e um grave interesse por sangue.

Existia a possibilidade de não ser o mesmo causador. Na segunda e na terceira situação eram evidentes as semelhanças, e o autor trabalhava de maneira organizada e discreta; o caso do boi era desconexo. Por mais que ambos se caracterizassem como atos de extrema violência e violação, não pareciam relacionar-se diretamente.

Entre os incidentes sem sujeira, foi-se quase um mês, com apenas um dia de diferença. Pensamos que talvez fosse feito dessa forma por ser um trabalho que exige tempo.

Barros quis me ouvir depois de explicar tudo. Eu supostamente era alguém que tinha contato com diversas outras pessoas durante meu período de trabalho, seja com pais buscando seus filhos ou com a movimentação – que ele achou existir – na biblioteca. Ele me perguntou se eu havia reparado em alguém com comportamento agressivo, e se algum esquisito se interessava demais por livros suspeitos, como de medicina ou biologia – o que seria inquietante para essa situação em específico, tendo em vista os estragos feitos.

Eu falei sobre meus dois únicos clientes: Alana e Zaqueu. Ambos fora de cogitação. Expliquei a baixa procura por conta do déficit de alfabetização e pela simples falta de interesse alheia.

Sobre a escola, decidi pontuar que tinha um garoto que havia aparecido roxo algumas vezes, era introspectivo e defensivo, além de eu já ter escutado gritos vindos de sua casa. Seu pai parecia agressivo e ríspido. Disse que nunca havia sondado muito para realmente entender o que acontecia porque não queria me intrometer – por mais que sempre me atentasse quando aconteciam os berros para caso fosse necessária uma intervenção. E, também, o boi havia sido encontrado morto ao lado da casa do garoto.

Pensando de forma investigativa, acreditava que os únicos humanos capazes de fazer coisas como as que vimos eram pessoas com ferramentas ideais, como o açougueiro, o dono do matadouro, os veterinários ou um médico.

Barros conhecia Marco, o dono do açougue, marido da mulher que trabalhava na escola comigo. Já disse isso aqui, ele era o tal que aparecia às vezes para tirar ela do serviço. Expliquei para o xerife que Rosa, a moça que recepcionava os alunos, ocasionalmente deixava seu posto, escapando para uma sacanagem enquanto abandonava o portão para a circulação de quem quisesse entrar ou sair. Fora isso, Marco parecia decente, mas meu julgamento era muito superficial, pois apenas havia sido seu cliente. Como tenho costume de observar mãos para identificar pessoas que roem as unhas como eu, identifiquei que as unhas dele estavam sempre compridas e sujas, a coloração amarronzada puxando para o vermelho por conta da manipulação da carne. Na dúvida, passei a comprar a mistura no armazém junto com meus outros suprimentos, mas, de um jeito ou de outro, a carne vinha do açougue, e, antes disso, tinha origem no matadouro do Carlinhos, que, por sua vez, eu conhecia muito pouco, assim como os médicos e veterinários. Por ora, aquilo era tudo que eu tinha a oferecer. Senti-me inútil.

Começamos a fazer planos para coletar informações e sair das especulações. Por conta da proximidade da minha casa com a de Benício e Aparecida, pais de

Heitor, me dispus a observá-los e tentar uma aproximação antes de Barros, porque isso poderia levá-los a ficar em estado de alerta caso fossem culpados. Barros ia visitar o matadouro com o discurso de que havia sido encarregado de inspecionar o tratamento e a qualidade do gado criado primariamente. E Fardo iria no açougue com o mesmo discurso pronto. Sugeri fazer um documento falso pedindo por essa averiguação, caso resistissem. Acharam uma boa ideia. Usei a máquina de escrever que eu tinha em casa, meu pai havia trazido quando voltou de São Paulo. Eu a havia usado pra fazer os formulários quando pensei que a biblioteca seria frequentada...

Combinamos de nos reunir à noite no barracão todos os dias para informar sobre o que coletamos. Em caso de alguma emergência ou medida desesperada, tentaríamos nos encontrar o mais rápido possível.

Eu não tinha planejado o que fazer, pensei em me aproximar do pai de Heitor como se tivesse interesse em uma amizade, o que não era real, nem de longe. Benício era um dos brutos, eu não tinha respeito por ele, assim como ele não tinha por ninguém. Não poderíamos ser amigos.

Depois, pensei na possibilidade de manipular Heitor para me levar à sua casa quando estivesse sem ninguém, dizendo que gostaria de comprá-la, mas que ainda não tinha certeza por não ter visto seu interior. Alegaria que não queria falar com seu pai diretamente, pois, caso eu acabasse não realizando a compra, seria embaraçoso encontrá-lo todo dia. Era tolo, mas uma criança oprimida, conhecendo o pai, provavelmente acreditaria. Foram as únicas ideias que tive além de invadir, mas isso não me parecia viável pela casa estar quase sempre ocupada, exceto por alguns fins de semana, e não havia tempo de sobra para esperar. Optei por ir pelo segundo caminho, por mais absurdo que fosse. Não me senti bem fazendo isso.

Hoje, vejo que talvez tenha tornado a situação mais mirabolante do que precisava ter sido, mas, mesmo assim, talvez tenha tido um porquê. Se não fosse dessa maneira, talvez eu nunca tivesse descoberto sobre Heitor.

Passei o resto do domingo completamente conturbado e sentindo que nunca mais iria dormir depois de ver o corpo de Arthur naquele estado. Também fiquei pensando nas possibilidades de conversas para que Heitor não conseguisse me dizer "não". O melhor jeito parecia ser me comportar como seu amigo ou como um espelho...

Segunda, me levantei e fui ao trabalho como todos os dias. O que durante muito tempo foi confortável tinha virado um tormento. Mentir sobre a partida de Arthur me feriu não pela mentira – por mais que eu não gostasse dela –, mas por seus amigos. Tive que dizer que ele havia ido morar com os tios em Curitiba. Alguns ficaram vislumbrados com a chance de ir para um município maior, e outros ficaram tristes por sua partida sem justificativas prévias. Ainda não havia olhado para a carteira em que ele costumava sentar-se. Quando o fiz, um pensamento intrusivo de sua imagem na mesa de metal invadiu minha mente, uma ânsia azeda me subiu à garganta e senti o gosto da bile estomacal cutucando minha úvula. Percebi que não havia pensado em comida ou sentido fome desde a noite passada. Segurei na boca, me levantei e corri até a porta. Tentei fazer o mínimo de barulho possível, não queria que ouvissem meus sons guturais. Voltando para a sala, pedi desculpas e disse que tinha comido algo podre.

Estava preocupado que não fosse conseguir enganar Heitor e consequentemente atrapalhar Barros. A inquietude era penosa. Passei exercícios e fiquei em minha mesa, pensando. Quando acabei o período da turma mais velha que se encerrava às 10h, avisei Rosa que não conseguiria ficar para dar aula aos alunos mais novos e pedi para que passasse alguma atividade para eles. Pela forma com que reagiu, com certeza pensou que eu era um vadio, mesmo tendo percebido que eu passei mal.

Fui ao encontro de Heitor. Quando o abordei na saída, ele primeiro estranhou, depois perguntou o motivo de eu ter vomitado – com curiosidade, não preocupação. Tinha prestado atenção no som que fiz, pelo jeito. Já havia reparado que ele achava graça de coisas escatológicas como isso, ou peidos. Seguindo esse fio, disse que, na verdade, estava muito ansioso porque planejava passar por mudanças grandes em breve. Era justamente sobre isso que queria falar com ele quando dei oi.

Expliquei que seu pai havia comentado semana passada no bar que estava pensando em vender a casa para ficar mais perto de seu irmão. Heitor pareceu muito surpreso e feliz, me sentia mal por mentir para o garoto, sei que isso criaria falsas expectativas nele, mas era pior lembrar de Arthur pela metade, frio e inexpressivo. Assumi que Heitor não falaria com seu pai por não ter abertura para comunicação, mas, caso acontecesse, seria plausível me fingir de louco e dizer que minha memória se confundiu por estar bêbado e que não me lembrava bem da noite, talvez outra pessoa tivesse dito... Contei a lorota para Heitor, completando com um motivo para preferir que fôssemos apenas nós: ele sabia como seu pai era quando ficava frustrado.

Eu poderia passar por essa situação chata, mas, caso ele topasse, isso também o ajudaria a criar experiência enquanto vendedor, e seria uma forma de retribuir os lucros que teve com minhas acerolas, pontuei.

Ele pensou, parecendo apreensivo, e em seguida disse que seu pai não poderia descobrir de forma alguma que ele havia feito isso. Que, se eu gostasse de lá, deveria fingir que nunca vira a casa e pedir para seu pai mostrá-la de novo, reagindo como se fosse a primeira vez. Eu topei, claro.

Heitor havia dito que eles sairiam no dia seguinte, terça-feira às 11h. Ele me mostraria tudo rapidamente, mas seria tempo suficiente para me convencer de que era uma boa compra. Ele me olhou com determinação, empolgado.

Seria durante o horário da missa que seus pais frequentavam. Seu pai ia a pedido da mãe. Nós apertamos as mãos e eu me senti um desgraçado por traí-lo, por estar usando uma criança. Mas acredito que, no caso, os fins justificam os meios.

Após isso, voltei a falar com Rosa. Pedi para que encontrasse com Alceu, o professor de exercícios físicos que às quartas fazia sua calistenia, para solicitar que trocássemos os dias naquela semana. Seria só uma vez para que eu pudesse encontrar com um médico o quanto antes, por conta da "queimação abdominal frequente" que vinha sentindo nos últimos dias. Ela disse que tentaria falar com ele.

Fui para casa e decidi que passaria o dia ensaiando meus passos. Ao entrar, observaria prateleiras e estantes, quadros pendurados, alguma tábua solta no assoalho, pediria pra olhar o poço alegando querer ver a profundidade... Tudo em busca de um esconderijo, um lugar que guardasse um segredo esclarecedor.

Estava apenas divagando, alimentando devaneios e apreensões, mas ao mesmo tempo fiquei instigado. Eu sempre fui dos imaginativos, cogitei todo tipo de coisa absurda, mas era simplesmente triste, não emocionante como uma aventura. Ocasionalmente caí na real, toda vez que parava de pensar no futuro e lembrava do que aconteceu, eu me sentia imundo de achar o desconhecido envolvente.

Ao cair da noite, encontrei-me com Barros e Fardo.

Fardo havia falado com Marco, o açougueiro, disse que não apresentou resistência, que as coisas estavam meio fora de lugar e que era porco, mas nada grave, ele só comentou que passaria a lavar as carnes que comprava lá e nos sugeriu fazer o mesmo – o que era preocupante, tendo em vista que Fardo usava a mesma regata todo dia. Olhou as conservas e possíveis lugares inacessíveis a clientes, mas não havia nada com o que se preocupar.

Barros teve mais dificuldade com Carlinhos. Ao chegar no matadouro, foi recepcionado com certa aversão, recebendo muitas perguntas com um tom de revolta na voz, como se o homem estivesse ofendido com a questão da visita e achasse a situação ridícula. Afirmou que tratava seus animais da "maneira correta" e que era tão limpo como qualquer outro matadouro. Ele cedeu depois de Barros ter permanecido cordial e mostrado o papel que fiz. Ele pareceu só bater o olho na folha, talvez não soubesse ler, mas acatou pela formalização.

O xerife achou o lugar extremamente desagradável, mas nada lá se assemelhava a uma arma que poderia ter causado os ferimentos que vimos nos animais drenados. Havia pistolas de pregos e facões largos, o que poderia apontar apenas para uma das mortes.

Eu contei sobre meu plano e acharam razoável. Lembro-me de ter tentado parecer seguro e sintetizar meus pensamentos para passar confiança.

Naquela mesma madrugada, decidi passar no bar para certificar-me de que Benício teria me visto no lugar pelo menos uma vez, para a mentira não ser tão dissimulada. Lá ele estava, como eu tinha assumido. Cumprimentei com a cabeça. Tinha um homem acompanhando-o; eu não o conhecia. Benício, que estava embriagado, me chamou, falou para eu me sentar. Então, ele começou a xingar Heitor para o rapaz que também estava ali e falar sobre seu mal desempenho, sua incapacidade. Depois dessa interação, me pareceu que nem os dois se conheciam. O cara não pareceu saber de quem se tratava, o que só tornou a situação mais desconfortável. Acabei dizendo que ele havia melhorado e não quis me prolongar, troquei de assunto para comentar que estava pensando em me mudar, mas ele parecia não ter interesse em me ouvir se não tivesse abertura para humilhar seu garoto. Pedi licença, levantei-me e clamei por um copo de rum no bar. Tomei e voltei para mais uma noite insone em casa.

No pouco tempo que dormi, sonhei que ouvia alguém batendo em minha porta. Me levantei e pensei que fosse real, era muito lúcido. Perguntei quem era, mas ninguém respondeu. Abri lentamente e, ao olhar pra baixo, me deparei com o corpo de Alana. Ela estava esquartejada, com as entranhas para fora. Era como se eu tivesse flagrado o criminoso que procurávamos antes do serviço ser terminado. Meu sangue fervia. Então simplesmente comecei a correr em busca do que quer que tenha feito aquilo. Capa latia como louco e a Preta parecia acuada. Não era o comportamento habitual deles; normalmente era o contrário.

Percebi que olhavam em uma direção e, quando a segui, também vi o que fitavam. Havia uma silhueta esgueirada nas moitas altas do jardim. Sua forma lembrava a de um ser humano. Ela nos fitava de volta e parecia absorver toda luz ao redor, de tão preta.

Então eu acordei no escuro. Fui até a porta como quem não sabe diferenciar ilusão da realidade. Como não me deparei com nada, decidi checar os cachorros. Capa estava acordado, Preta dormia, mas, quando me aproximei, ela acordou rapidamente, latindo até se dar conta de que era eu. Levei os dois para dentro.

Preta ficou embaixo da cama de um jeito que minha mão a alcançava e eu podia fazer carinho. Lembro de tê-los observado pela manhã depois de voltarem para fora. Peguei um graveto e joguei algumas vezes. Capa sempre corria na frente com determinação e sua irmã corria atrás como se quisesse pegá-lo, não o graveto. Esbarrava e jogava seu corpo num empurra-empurra. Capa não gostava. Algumas vezes chegou a avançar sem a intenção de machucá-la. Era engraçado de ver, adoravam perturbar um ao outro.

*

Caio, meu amigo, passou aqui na cela hoje. Faz dezenove dias que estou preso. Não havia tido oportunidade de falar com outras pessoas até então, desde o incidente com meus cachorros e o assassinato. Se não tivesse sido preso, não teria suportado tantos absurdos. Aqui não tenho opção, sou fraco demais para desferir minha cabeça contra a parede... Acredito que minha mente tenha encontrado essa forma de expressão como uma maneira de sobreviver também. Mas, quanto mais escrevo, mais perco a fé de que algum leitor me levará a sério.

Mesmo assim, preciso continuar registrando os acontecimentos, antes que as coisas comecem a ficar mais confusas ou minha mente se esvaia.

Sobre as notícias de fora, Caio só pôde me dizer a seu respeito. Não sabia de Alana, Zaqueu ou Heitor. Ele disse que demorou a vir pois estava esperando a poeira baixar um pouco, acredito que não tenha sido sincero a respeito das impressões públicas sobre mim ou sobre como as notícias têm corrido, mas, como eu não teria acesso a essa informação, ele fez parecer tranquilo.

Ele veio aqui para me escutar. Depois de tanto tempo sabendo quem eu era, achou difícil de assimilar as informações que ouviu de bocas alheias. Barros foi benevolente ao deixá-lo vir. Caio disse que o encontrou. Eu nunca o encontro, quem leva os baldes de dejetos e traz comida é Fardo. Segundo ele, o xerife pareceu não implicar, só quis saber a que se devia a visita. Acredito que parte de Barros vê a possibilidade de algo atroz realmente ter acontecido.

O que falei no dia ou a forma com que me comportei têm que estar sendo considerado. Eles não podem ter parado as investigações. Barros não é burro e eu não sou louco, ele sabe.

Me preocupo muito com o que pode acontecer, pois o paradeiro da coisa é misterioso. Por mais que eu tenha atirado, o corpo estava como antes, a parte pavorosa se esvaíra. Pode ter morrido junto, como pode estar em qualquer lugar, e agora não havia como cogitar coincidência. Foram três meses seguidos, há um padrão. Pela segunda vez também sabemos que aconteceu durante a madrugada. As pessoas deveriam estar cientes, deveriam ter medo, isso pode não ter acabado.

Essa espera, agora sabendo o que há do outro lado, ficou ainda pior.

Contei tudo para Caio com a maior quantidade de detalhes que consegui dentro dos trinta minutos que nos foram dados e implorei que avisasse a maior quantidade de pessoas possível para que ficassem em alerta. Pedi para que, caso a culpa tenha caído sobre mim e a população não tenha ideia do real perigo, inventasse que ainda estou solto, qualquer coisa que fizesse as pessoas ficarem em casa durante a noite. Ele jurou acreditar em mim, mas não sei dizer se sua "animação" era devida à veracidade da surpresa ou se só estava gostando de ouvir esse conto perturbador.

Ele levantou hipóteses que eu já tinha considerado, mas decidi não pairar a respeito, pois só me deixariam psicótico e não solucionariam nada. Eram coisas como "Será uma entidade ou uma nova espécie?", "Será que existem vários e eles estão agindo de maneira organizada?", "Será que essa coisa imita o comportamento humano para se disfarçar?", "Parece uma forma de vida inteligente", "Será que se eles se instalam, como você acredita, nós não temos consciência de que coexiste em nosso corpo? Afinal, eu não sinto meus órgãos, minha mente controla todos eles, mas não sei onde ficam, o que fazem. É como se fosse outra coisa dentro de mim", "Ou será um parasita?", "Será que só se manifesta se tivermos um estímulo específico?", "O que me garante que você não é a criatura me manipulando?".

Eu o olhei com tanto pesar. Respondi que nada garantia, que eu gostaria de ter respostas; que talvez a coisa tenha se instalado em mim e, por isso, Barros esteja me mantendo longe dos outros presos na cela provisória da delegacia. Não me dizem por que fico aqui e não no presídio. Fiquei paranoico de imaginar que poderia ser o caso. Senti-me, de certa forma, hipnotizado quando atirei.

Caio pareceu assustado, então eu lhe assegurei que, no atual momento, eu respondia dentro de minha consciência e podia provar com lembranças nossas, então ele retrucou com "E se a coisa tiver acesso às memórias?". Fiquei calado.

Ele se desculpou, percebeu que tinha me perturbado, disse que estávamos divagando. Falou que queria continuar a busca, pediu a data e o horário que eu achava mais provável de acontecer uma manifestação, e que poderia juntar alguns homens.

Retomamos o rumo e implorei que falasse para Alana me visitar e lhe dissesse que o que ela sabe não é o que aconteceu. Eu gostaria de contar a ela para que ouvisse da minha boca e tirasse suas próprias conclusões. Não suporto a ideia de nunca mais vê-la. E, se não fosse pedir muito, gostaria de alguma comida que desse subsistência, porque tenho me sentido fraco demais. E, se possível, papel para escrita, pois me sentia mal ao pedir para Fardo. Apesar de ele não falar comigo, parecia não ter aversão à minha presença. Gostaria que compartilhasse o que pensa a meu respeito, porque, querendo ou não, os dejetos e a comida são uma questão de humanidade, o papel e a tinta que uso, por mais que sejam ruins, são trazidos por bondade dele. Talvez esteja mais consciente do que eu imagino. Barros também...

Expliquei para meu amigo por que solicitava esse material e disse que poderia ler assim que terminasse. Caio reafirmou que vai me ajudar a esclarecer tudo e que eu posso contar com ele. Fiquei emotivo. Pouco depois, ele foi embora.

*

Retomando de onde tinha parado, permaneci acordado após o pesadelo. Quando percebi que estava clareando, fui para fora ver o amanhecer. Esperando até a hora que havia marcado com Heitor, comi forçadamente um pão com margarina e bebi uma xícara de café com leite, então fiquei no sol repousando. O vi chegar da escola sozinho, depois Benício e Aparecida saírem, bem-vestidos para ir à igreja. Esperei alguns minutos para me certificar de que não voltariam, até que vi o menino na janela espiando, então acenei. Com gestos, ele me chamou para dentro. Ele saiu de lá e a porta abriu como se um fantasma o tivesse feito. Heitor estava atrás da porta e parecia cabreiro, com medo de seus pais voltarem.

Eu disse que estava tudo bem, que tinha visto eles saírem e se afastarem já fazia algum tempo. Heitor pareceu ficar mais tranquilo e tentar se portar com a seriedade de quem queria fazer uma venda. Perguntei da aula com o Alceu e ele disse que havia sido boa, que gostava dos exercícios físicos bem mais do que dos meus. Tentei fingir que não estava inquieto e segui perguntando por onde poderíamos começar.

A casa era grande. Quando precisei da água deles por conta do peixe no meu poço, só andei pelo quintal dos fundos, e, ao levar a lenha em retribuição, deixei-a ao lado da porta de entrada. Nunca tive a chance de conhecer o interior, pois a família era bem reservada. Estava diante de uma mesa de refeições, e observei um armário de louças, um sofá e uma mesa pequena de centro com um cinzeiro em cima. Olhando à minha direita, reparei que a cozinha ocupava quase o mesmo espaço que a da minha casa. Havia bastante louça suja.

Heitor foi me conduzindo enquanto dizia que todos os dias comiam juntos na mesa; ele e sua mãe, e seu pai quando estava em casa – ele era como um "faz-tudo" de trabalhos manuais –, e a quarta cadeira era do tio. Mostrou que uma delas pendia um pouco para trás, mas nunca tinha derrubado ninguém. Deu tapas na própria cabeça enquanto dizia "burro". Segurei seu braço e ele me disse para soltar, pois não deveria ter me mostrado isso. Afirmei que ele tinha feito o certo, que mostrar as coisas com transparência me fazia confiar mais nele e valorizar os pontos positivos, pois teria certeza de que eram verdadeiros. Além disso, uma cadeira frouxa não era problema para mim. Ele se acalmou e eu abaixei sua mão. Ele me levou à mesinha de centro, falou que o tapete tinha vindo de um boi do matadouro: "Couro da melhor qualidade".

Ele também me apontou o armário de louças, mas sugeriu que não chegássemos perto. Eu entendia a razão. Não achei suspeito. Passamos pela cozinha e eu olhei as gavetas, nada além do habitual: colheres de pau, talheres comuns, facas de pão... Nada interessante.

À frente havia divisórias e, aparentemente, mais dois cômodos. Logo no começo do corredor que levava até lá, havia uma porta fechada. Ele me disse que era um depósito de comida. Havia uma figura de Jesus Cristo pendurada, umas três vezes maior que os crucifixos que normalmente se vê. Lamento dizer isso, mas era horrenda, sua boca pendia e seus olhos estavam revirados, o sangue escorrendo e suas costelas gritantes.

Eu pedi para que abrisse o lugar, mas ele não tinha acesso. Apenas seus pais podiam pegar as coisas de lá, então descreveu, dizendo que havia três prateleiras largas e latas onde guardavam os grãos. Perguntei se ele sabia como abrir e ele retrucou que se soubesse teria aberto para mim. Eu registrei aquilo. Parecia verdade, mas não podia ignorar um cômodo trancado.

Ele decidiu que seria melhor mostrar o quarto de seus pais primeiro, mas me disse que não podíamos passar da porta. Olhando dentro, pude ver uma cama com uma colcha velha e grossa – o que era estranho, já que maio é quente –, duas cabeceiras, um tapete menos sofisticado que o da sala, que parecia ter sido feito com remendos de couro distintos, um armário grande e um baú.

Decidi desobedecê-lo. Entrei enquanto dizia que aquele seria o quarto perfeito para mim e para minha mulher. Ele tentou me segurar e berrou que eu não podia fazer aquilo, que "estava proibido", mas ao mesmo tempo não cruzou a porta, como se um bloqueio invisível o contivesse.

Abri o baú, ele gritou perguntando o que eu pensava que estava fazendo. Havia roupas íntimas e pijamas que exalavam um cheiro nada agradável de usado com um perfume forte. Eu fechei a tampa e me dirigi a ele. Expliquei que precisava saber o que estava comprando. Ele empurrou meu peito e disse que eu não deveria ter feito aquilo, que quem pagaria se descobrissem algo era ele. Reforcei que, se descobrissem, eu assumiria a culpa e a responsabilidade, mas que não iria acontecer, pois eu não havia mudado nada de lugar. Tudo aparentava estar intocado.

Ele estava com raiva, mas tremia como um animal assustado. O comportamento se pareceu com o mecanismo de defesa que eu via na escola. Esperei alguns segundos enquanto ele respirava ofegante e apertava as mãos em punhos, então perguntei se ele gostaria que eu fosse embora. Pensei que fosse uma boa forma de o incitar a continuar, e ele respondeu: "Agora você já fez a merda". Heitor continuou com os pés cravados no corredor e eu no interior do quarto, então perguntei se podia ver o tamanho do armário por dentro. Ele virou seu rosto, não consentindo. Avancei mesmo assim e encontrei roupas e calçados, nada mais. Olhei embaixo da cama e havia poeira junto de bitucas de cigarro.

Estava satisfeito, então saí e perguntei se poderíamos ver o dele, pois estava especialmente curioso, já que estava pensando em ter um filho. Ele perguntou com rispidez se eu já não estava muito velho, deixando de lado sua postura de vendedor. Eu me abaixei e lhe disse "Heitor, me desculpe por ter entrado no quarto dos seus pais, estava tomado pelo vislumbre de imaginar uma nova vida. Imagine você, junto de quem ama, indo para um lugar maior que esse, onde pode escolher que mobílias colocar, como as coisas vão funcionar, podendo passear por todo o espaço, escolher onde vai guardar suas roupas... Não é tentador? Eu só me perdi no meu imaginário, me desculpe, mal tinha te escutado... Eu acredito que você entenda, eu arcaria com qualquer consequência e faria o que fosse possível para tomar toda a culpa caso seu pai descobrisse, afinal, a responsabilidade é minha. Não o deixaria descarregar em você. Ele me ouviria, somos homens adultos, ele vai me respeitar, pois sabe como é estar no meu lugar. Ele mesmo já comprou essa casa um dia, certo?".

Me senti mal por ter sido tão manipulador. Parte das coisas que disse era mentira, mas parte era verdade... Ele concordou, tentou retomar sua pose, as palavras tinham o afetado.

Segui pedindo que me mostrasse seu quarto. Heitor estava guardando para o final, então deveria sentir orgulho do que tinha ali. Eu disse que estava ansioso porque gostaria muito que meu garoto pudesse compartilhar de um lugar onde um aluno meu vivia. Ele ficou focado novamente. Me ouviu, no fim das contas.

A configuração dos cômodos era parecida, mas o espaço do quarto de Heitor era um pouco menor. Tinha uma cama pequena, um baú encostado nos pés dela, um armário baixo e uma bancada. Tudo estava empoeirado, com aparência de encardido, até o chão. O quarto tinha um odor estranho, forte. Heitor me mostrou sua cama, disse que nela eu poderia me deitar para experimentar,

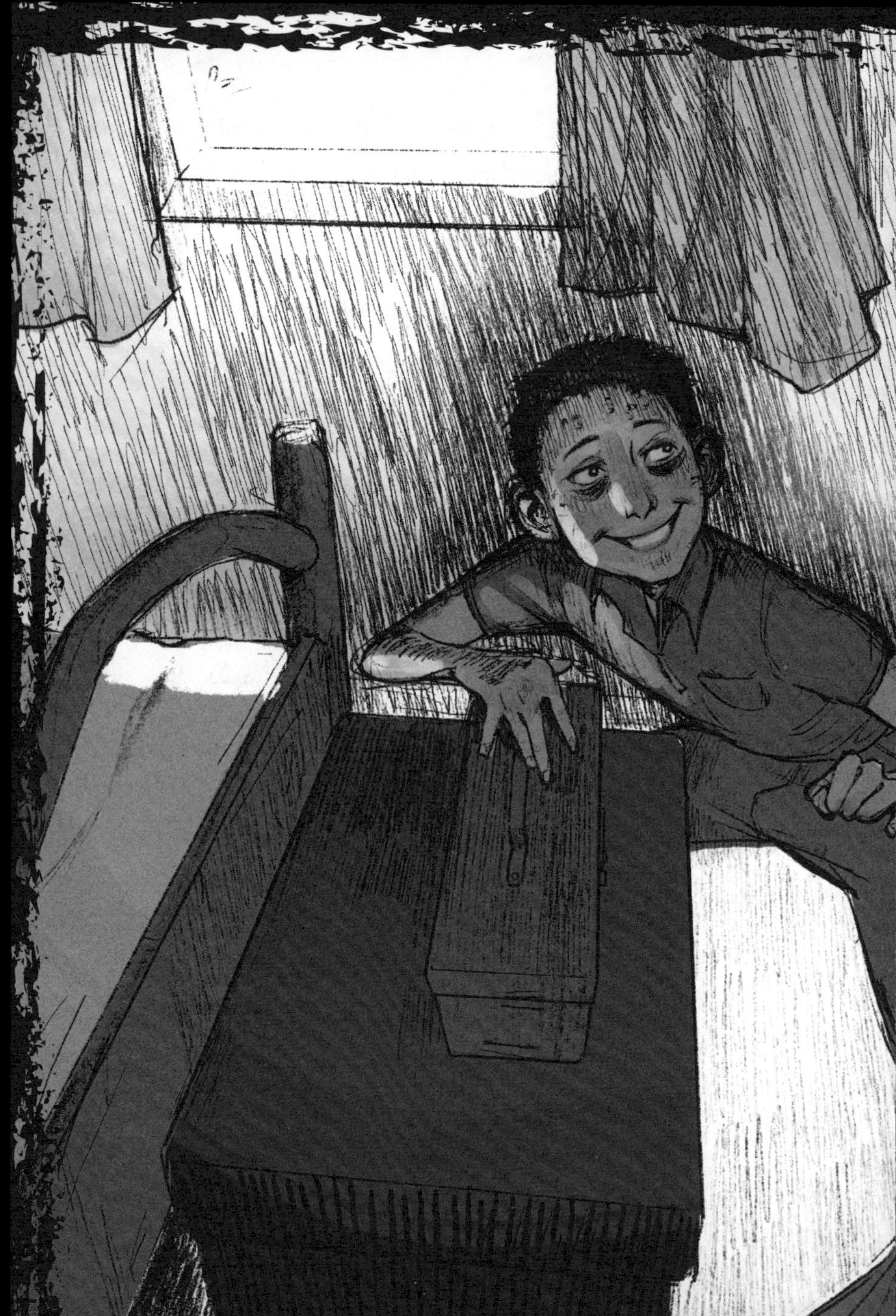

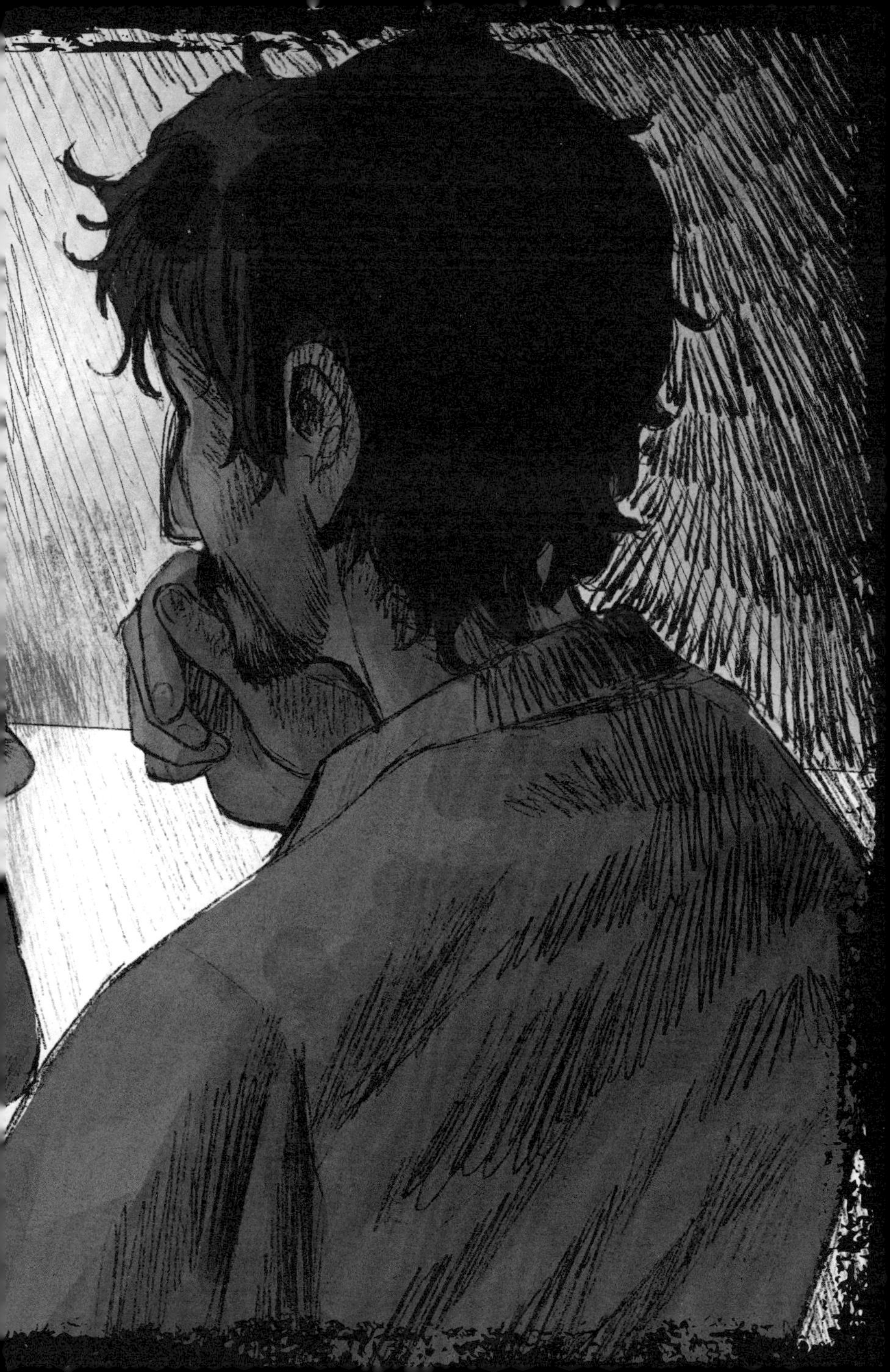

se quisesse. Eu me sentei na borda. A cama era dura, o colchão era fino, mas menti dizendo que era parecido com o meu. A roupa de cama não parecia ter sido trocada há tempos.

    Ele me mostrou seu armário. Tinha poucas coisas suas, na maior parte era uma extensão do de seus pais: roupas femininas adultas ocupavam boa parte do espaço. Então, ele me chamou para ver as coisas do baú.

    Junto com uma camiseta amassada quase não identificável, havia um cavalo de madeira e uma maleta de aço. O cheiro forte vinha de lá, então pude discernir que era um cheiro metálico.

    Quando ele levantou a maleta, uma mancha grande se revelou no fundo. Encarei friamente, sem tirar meus olhos. Ele a abriu e o cheiro se intensificou. Ali havia ferramentas, então Heitor me disse: "Essa é a maleta de ferramentas antiga do meu pai, ele comprou uma nova e eu fiquei com essa aqui". Algumas ferramentas estavam envoltas no que parecia ser um líquido escuro e seco; outras estavam apenas sujas pelo contato. Não consegui fingir normalidade. Era sangue. Ele me mostrava como se quisesse que eu sentisse orgulho, como havia demonstrado antes, afinal era um feitio que mostrava alguma habilidade sua. Penso que ele sentiu que tinha liberdade para me falar disso porque, pra ele, era algo normal. Buscava aprovação. Heitor acabou confundindo minha cara de choque com contemplação.

Vou narrar nossa conversa seguidamente. Eu questionei de onde era o sangue e ele respondeu:

"De um dos bezerros do velho que mora na estradinha. Os animais dele não ficam em cercas, então às vezes chegam aqui."

"O que você fez?"

"Abati, não tinha outra utilidade. Ele teria esse fim de qualquer jeito."

"Quando foi isso, Heitor?"

"Há algumas semanas, acho. Me lembro de você ter visto."

"Alguém sabe?"

"Meus pais tinham ido à igreja, você estava na escola, não tinha ninguém aqui. Tentei fazer como meu tio, só não tinha a pistola dele."

"Como isso aconteceu?"

"Ele tinha entrado no meu terreno. Toda hora algum entrava! Quando não era um boi, era uma cabra. Meu pai estava cansado de chamar o velho para buscar os bichos. Eu deixei as ferramentas no quarto depois que usei, mas ainda queria mexer no bezerro por dentro, com as mãos. Meu pai chegou e viu, pensei que ele fosse gostar, tinha imaginado que aproveitaria o que estava ali, a carne, o couro... Mas ele ficou doido. Me pegou pela camisa e eu acabei dizendo que não vi o que aconteceu. Pensei que ele fosse me bater, mas acho que estava em um bom dia. Falei que estava cochilando e acordei com um barulho de bicho louco, então olhei pela janela e só vi o boi morto, aí fiquei curioso e tentei mexer para ver se estava vivo. Não gosto de mentir, mas ele ficou enfurecido, falou 'Como eu vou explicar isso?', eu respondi que não sabia. Corri para meu quarto e escondi melhor as ferramentas. Depois disso, ele foi tentar falar com o velho, para variar. Não sei por que simplesmente não sumiu com o bicho, o homem não daria falta. Já tem tantos e mal cuida dos que tem, devia fazer um cercado, não é difícil. Minha mãe chorou enquanto me ajudava a me limpar. Eu troquei de roupa, fiquei com vergonha de perguntar por que ela mal me olhava nos olhos. Até meu pai voltar com o dono, algumas pessoas se aglomeraram aqui. Você apareceu também e quiseram chamar o xerife! Para um gado! Alvoroço idiota."

Não soube como reagir, afinal, por mais que ele tenha dado uma explicação, não justifica tamanha brutalidade. Heitor não havia apenas abatido, tinha desferido incontáveis golpes e ainda tirou o coração do bicho e colocou no ânus. Eu estava paralisado.

Não entendia como não tinham tido cuidado a ponto de encontrarem essas ferramentas ensanguentadas com um cheiro fortíssimo no quarto do filho. Era muita negligência. Não entendia também sobre seu universo, meu pai sempre foi razoável, minha avó nos deu a melhor das educações, cresci rodeado de pessoas com cultura, não consigo pensar em nada que pudesse levar alguém a tal feitio. O que ele vivia era outra realidade para mim.

Penso até hoje: será que seus pais sabiam e só deixaram passar em vez de tratar? Será que escolheram não pensar para não terem que lidar e deixaram tudo como estava? Seria pior ainda. Já fazia tempo que isso tinha acontecido, mas aquelas ferramentas continuaram ali. Será que mal limpavam o quarto dele?

Eu engoli em seco, precisava pensar sobre a informação que acabara de receber. Seria possível que ele, tão descuidado e violento, tivesse feito aquilo com Arthur?

Proferi baixo: "Heitor, você já fez algum outro abate?".

E ele me contou que uma vez seu tio o deixou usar a arma de pregos num porco; que não chegou a posicionar o objeto, mas que apertou a trava, depois viu o homem tirando os órgãos que não seriam usados para corte; e que também tinha usado um estilingue para atirar em esquilos e passarinhos...

Ele não parecia estar mentindo. Heitor não tinha um comportamento sociopata. Ele era brusco, muitas vezes grosseiro e primitivo, mas, até aquele dia, tinha sido simples de se ler. Ainda era, mas não entendo sua execução. A forma com que fez aquilo. Tinha algo de errado.

Respirei fundo, meu coração pulsava firme, então me levantei e peguei sua maleta. Queria sumir com aquilo, mas a coloquei de volta no lugar e disse que precisava ir embora. Ele pareceu confuso, mas, como já havia acabado de me mostrar todo o interior, não havia motivos para eu permanecer ali. Eu disse que tinha gostado de lá, mas que precisava falar com minha esposa, e que voltaria a ter contato sobre a compra em breve. Então, por último, falei para limpar aquilo e não mexer mais; que devia tomar tanto cuidado quanto teve com o quarto de seus pais. Ele respondeu: "Para que limpar se eu, outra hora, posso sujar de novo?".

Encarei-o sério e expliquei que o que ele havia feito foi errado. Independentemente do animal ter invadido a terra deles, sua vida tinha valor; que, caso um dia ele quisesse ser como o tio, deveria estudar depois de crescido com instruções de um profissional; e para não desperdiçar corpos fazendo algo com o qual se divertia, usando materiais perigosos sem entender o manuseio, desrespeitando vidas e se colocando numa posição de risco. Eu disse a ele: "Uma pessoa que quer ser médica não sai abrindo os outros por aí só pensando em si mesma". E então fui para casa, deixando-o afetado.

    Desabei no sofá quando cheguei. Tudo era tão absurdo, minha lembrança trazia a imagem do boi, agora com Heitor por cima, tirando seu coração com as mãos. Senti vontade de gritar. Meu peito doía e meus olhos não abriam, de tão inchados. Busquei pela garrafa de whisky inacabada que meu pai deixara para trás há anos. Nunca tirei suas coisas de casa, pois era como se nada tivesse mudado, ou, pelo menos, era o que eu queria sentir ao manter tudo da forma como estava quando ele partiu.

    Lembro-me da primeira vez que bebi. Caio havia trazido uma cachaça de Jambu, não lembro como tinha conseguido, mas definitivamente era barata. Tínhamos quatorze anos, nos encontramos casualmente numa praça onde jovens se reuniam aos fins de semana. Mais duas pessoas nos acompanhavam: um garoto que estava sempre com Caio, acho que seu nome era André, e uma prima que estava passando um tempo em sua casa, seu nome era Mariana, tinha um ou dois anos a menos que nós. Nunca me interessei por ela porque às vezes cuspia enquanto falava.

Caio sempre fora mais extrovertido, tinha outros amigos e podia escolher quando ia me encontrar, porque tinha opções. Queria passar uma boa imagem para ele e para as outras crianças, queria parecer vivido, acho que todos já fizeram isso alguma vez. Eu segui o ritmo de Caio, por isso não consigo lembrar-me de quase nada daquela noite, mas me recordo de quando percebi que havia algo ruim acontecendo comigo. Senti como se tivessem algodões nos meus ouvidos, o som era abafado e eu não conseguia me manter de pé. Encostei-me num banco e aos poucos reclinei até deitar. O banco estava parado, mas a praça girava, até que eu apaguei.

Acordei alguns instantes depois. Tudo ainda girava, minha garganta parecia dormente antes de virar um gêiser de ácido. Um jato de vômito amarelo acertou a sandália aberta de Mariana, seu pé ficou todo coberto por aquela nojeira. Escutei risadas. Eu me sentia mal, me sentia um tolo, mas, ainda assim, um tolo notável. Caio não parecia incomodado, também estava maluco. Ele e seu outro amigo zombavam da Mari, que parecia ter se estressado. Depois, Caio me levou até um canto, onde me apoiei numa árvore e vomitei mais. Dei dois passos e encostei ali mesmo. Me lembro de ter acordado já em casa, fedendo, com a garganta irritada e a cabeça latejando.

Meu pai passou o dia sem conversar comigo. Eu entendi o recado, eu estava um bagaço. Jurei nunca mais beber. Bebi apenas casualmente depois. Alana gostava de vinho, então às vezes esquentava as noites. Mas não aquela noite. Não suportava o peso de tudo que vi. Não sei como havia aguentado até ali. Para ser sincero, não sei como aguentei até agora.

A partir desse ponto, tudo ficou extremamente conturbado. Meus pensamentos não aquietavam nem por um instante, cogitei sair do Estado, cogitei sair dessa vida... Eu já estava dominado e imerso demais para simplesmente viver como antes, com meus problemas fúteis de rotina. Era ilusório acreditar que conseguiria.

Eu não sei o que levou Heitor a tal proeza, mas acredito ser por conta de algo que passou, talvez algum outro tipo de abuso. Já cheguei a pensar que poderia ser subjetivo, o ato de colocar o coração, o órgão mais vital do corpo e que alegoricamente é o responsável pelo amor, no buraco da merda. Nunca perguntei a ele. Heitor é uma criança que abre corpos de animais com naturalidade, mas, ainda assim, é só uma criança. Um cérebro em formação jamais deveria ser exposto a realidades tão duras. Ele parecia sempre estar entorpecido por uma nuvem que pairava sobre si, carregando todos os comportamentos e julgamentos das pessoas ao redor. Não tinha um local de acolhimento, todas as suas referências eram problemáticas. Vejo-o numa posição de extrema fragilidade e influência. Nada de positivo poderia vir dali.

Pensei ser melhor não falar sobre Heitor, não ainda. Isso tiraria nosso foco dos crimes mais insanos, que não pareciam relacionar-se com ele – mesmo que eu não tivesse como ter certeza, pois havia aquele quarto fechado. Decidi guardar o que descobri. Seria, sim, uma questão a ser resolvida, mas depois da principal. Não podíamos nos distrair, tinha matança mais grave acontecendo.

Eu me entorpeci até perder a consciência, e no dia seguinte não acordei para dar aula. Queria arrumar uma licença para não voltar nunca mais.

Precisava de tempo, mas como eu poderia deixar a escola? Não havia quem pudesse preencher meu lugar, e eu também não tinha argumentos para pedir que a prefeitura buscasse um substituto. O que eu iria dizer? Que estava consumindo meu dia pensar sobre algo que eu não tinha sombra de ideia do que se tratava? E com que dinheiro sobreviveria?

Lidar com a falta de Arthur e a convivência com Heitor foi tão difícil quanto eu imaginei que seria. Meu desempenho caiu de maneira drástica.

Me encontrei com Barros e Fardo, ambos não haviam avançado em suas investigações. Contei sobre o cômodo fechado para pensarmos numa forma de acessá-lo.

Barros me disse que seria preferível que fizéssemos na encoia, que ele possuía gazuas e poderíamos usá-las. Trata-se de uma haste de metal com a ponta dobrada, e serve para arrombar lugares. Para que ela abra uma fechadura, é preciso inseri-la no buraco enquanto pressiona com a ponta um por um dos espaços que a chave preencheria. Parecia uma engenhoca que Caio inventaria.

Depois da reunião, Barros foi até minha casa. Observamos a movimentação até que Aparecida e Heitor foram se deitar. O filho apagou a luz às 22h e sua mãe, cerca de quarenta minutos depois. Benício estava fora, provavelmente no bar. Ele normalmente voltava depois das duas da manhã. À 1h, avançamos. Estávamos sem nossos calçados. Eu fiquei do lado de fora para observar qualquer agitação.

Barros abriu a porta com facilidade, sem fazer barulho, apenas um clique. Colocou a gazua usada no bolso – ele tinha levado várias.

Sinalizei para onde era a despensa, que era visível logo na entrada. Evitei fazer contato visual com aquela figura pendurada, mas foi inevitável devido ao seu tamanho, de seus membros pregados e dos cabelos encharcados de sangue pela coroa. No escuro era ainda mais macabra.

Barros também não teve dificuldade em abrir aquela porta. Demos a sorte das fechaduras serem simples. Eu estava tão mexido que parecia não operar por mim, minha cabeça repetia incessantemente tudo o que me desconcertava, o que acabava comigo pouco a pouco.

Eu não tinha controle sobre as imagens e frases que circulavam minha mente. Eram num volume alto o suficiente para calar qualquer pedido de ajuda vindo do meu lado são.

Cada vez mais eu me via perdido em paranoias. Havia adotado um comportamento quase que compulsivo todas as noites, chorando. Não conseguia prestar atenção, não conseguia ouvir Alana, mal conseguia ter vontade de vê-la, pensando em como agiria tentando parecer normal, não era capaz de executar tarefas básicas, como cortar carne, ou focar algo por mais de poucos minutos. Não me sentia presente. Parecia que escutava uma história da qual eu desistiria de ler pelo peso que a leitura carregava. Estava em um ciclo de me forçar a viver, como um espectador dissociado da realidade nos momentos de evasão.

Voltando para a invasão, vi Barros entrando no quartinho enquanto dividia minha atenção entre o exterior e o interior. Ele usou uma lamparina com uma vela curta para iluminar apenas um palmo à frente. Vi a luz cruzando a porta, sumindo quando ele foi checar atrás dela, e depois retornando. Sua cara era de quem não tinha encontrado nada. Trancou a porta atrás de si para não deixar rastros com outra gazua e seguiu até a entrada, também trancando-a.

Ele me contou que lá havia três prateleiras longas e grandes latas cheias de grãos, como Heitor havia dito. Ele vasculhou por entradas ou espaços onde pudesse haver alguma passagem, mas não encontrou nada. Além desses objetos, a única coisa que caracterizava o ambiente era um cabideiro martelado atrás da porta, onde cintos de couro jaziam, alguns mais desgastados que outros. Nas paredes, marcas de mãos infantis repousavam, misturadas a respingos de sangue. Nada disso acrescentava, só era lastimável.

Voltamos à estaca zero. Então, decidi falar do que descobri envolvendo Heitor e a primeira morte. Barros agiu de maneira rígida sobre o fato de eu ter omitido a informação por um dia, mas reconhecia que eu estava enfrentando um turbilhão de estímulos. Também apreciava os serviços que eu estava prestando e só por isso deixou passar. Precisei me explicar muito bem, por mais que não justificasse.

Sobre Heitor, ele foi compassivo. Após eu detalhar a situação e tendo em vista o quartinho da punição, Barros conseguiu assimilar. A última coisa que meu aluno precisava era de mais castigo. Ele carecia de instrução. Barros assegurou que ficaria atento a Benício, que compraria essa briga com facilidade, se necessário. Agradeci-lhe, ele se compadeceu muito. Espero que tenha continuado dando olhos para isso, apesar de tudo que aconteceu...

No dia seguinte, Barros e Fardo iriam perambular pela cidade em busca de algum ruído, enquanto eu seguia minha vida de ouvidos e olhos atentos. Caso nada de novo acontecesse, nos encontraríamos aos sábados para discutir, independentemente do que tivéssemos... Pensávamos cada vez mais ser algo fora de nossa compreensão. Era absurdo, quase dadaísta.

Aproximei-me do xerife durante o mês que se passou. Acho que, àquela altura, ele havia deixado de cogitar que eu fosse uma possibilidade criminal ou que estivesse escondendo alguma coisa. No início, talvez ele tenha tentado aumentar nossa intimidade com essa intenção, mas agora parecia mais cortês.

Ele compartilhou comigo que, ao longo de sua carreira, lidava principalmente com arruaceiros, brigas de bêbados e pequenos delitos. Seu trabalho até então tinha sido apreender homens violentos e alterados, ou repreender crianças que eram flagradas furtando comércios. Ele escolheu seguir a profissão por conta de seu pai, que não foi um oficial da justiça, mas admirava muito quem era. Barros não entrou em detalhes, mas disse que o homem teve sonhos frustrados, então os espelhou no filho.

Seu pai pintou a profissão como gloriosa e repleta de emoções, mas Barros não havia sentido nada além de desgosto pelo comportamento primitivo de homens entorpecidos. Ele pensava parecido comigo quando se tratava de humanos. Comentou que, em sua formação, a parte investigativa quase não fora alimentada. O rapaz que o ensinou tinha pensamentos arcaicos, prezava apenas o físico, pregava com impaciência e era inflexível. Uma figura autoritária, quase ditadora, chegava a ser clichê, mas Barros o respeitava. Seu pai contava histórias do que imaginava que viveria se tivesse conseguido tornar-se um profissional da lei; elas o inspiravam e o faziam persistir.

Esse era seu repertório para lidar com a situação. As glórias, as ações e as emoções que seu pai o fez sonhar passavam distantes da beira da insanidade com que lidávamos no momento.

Ele fez silêncio. Eu disse a ele que, independentemente do quanto eu já houvesse lido e estudado sobre humanos e suas condutas, nada poderia preparar alguém para o que vimos. Ninguém se sente pronto para enxergar um surrealismo se tornando real diante de si.

Comecei a ver o lado paternal de Barros depois de nos tornarmos amigos. Com o convívio e minha clara dificuldade de aceitação da realidade, ele se aproximou. Começou passando em casa duas vezes; na primeira foi pela tarde, logo depois de eu chegar da escola. Quando o vi na frente da porta, meu coração quase parou, pensando no que poderia ter acontecido, mas ele disse que estava por perto e que queria almoçar.

A segunda vez foi em uma noite de sexta-feira iluminada pela lua cheia. Ele estava lá para me chamar para comer em sua casa no domingo. Convidei-o a entrar e ofereci uma bebida. Ele aceitou um copo, disse para conversamos casualidades. Não me lembro sobre o que falamos, as coisas que sei sobre ele meu cérebro embaralhou. É como se tudo fosse uma informação só, não coletada aos poucos.

Fumei tabaco e me lembrei de como era horrível. Cheira mal, o gosto é ruim e fica impregnado na boca. Por um momento parece acalmar seu pulso, mas logo traz um cansaço excessivo. O rebote é pior do que a parte que deveria ser prazerosa. Pelo menos Barros riu quando apertei meus lábios e franzi a sobrancelha depois de tragar; ele tinha enrolado em palha de milho.

No domingo em questão, fui apresentado formalmente à mulher dele e depois ao filho. Barros me mostrou um porta-retrato com uma fotografia da família enquanto me apresentava à sala. Na imagem, pude rever o rosto do garoto; seus olhos pareciam apreensivos e ele estava sem o babador, o tinha visto poucas vezes acompanhado de sua mãe pela cidade e não o encarei. Acredito que Barros mostre a imagem para, caso as pessoas venham a reagir a respeito de sua aparência, o façam em particular, e não na frente do garoto.

A mulher dele se chama Olivia. Sempre com lenços na cabeça por cima do cabelo escuro, os olhos pintados de marrom e as olheiras protuberantes – falo isso porque é uma característica marcante, não uma crítica. Ela não usa esmalte e tem unhas longas, seu nariz é grande verticalmente e parece mais jovem que Barros. Eu já o descrevi aqui? Ele tem uma barba respeitável – inclusive, tentei deixar a minha crescer durante um tempo por causa dele, mas ela é muito rala e só cresce na região do queixo... Agora que não tenho motivos nem recursos ao meu alcance, talvez ela fique maior. Ele tem o cabelo ralo e olhos escuros também, seu bigode é fino, o porte é grande, assim como as mãos. Ele não rói as unhas e parece manter uma boa higiene com elas.

Depois das devidas apresentações, fui levado a passear pela casa. O menino estava no quarto, montando coisas com blocos. Ele sabia que teriam visitas e já havia almoçado, consigo imaginar os motivos.

Só o vi à distância quando Barros abriu a porta para me apresentar. Ele virou rapidamente e piscou os olhos como se assentisse para mim, mas logo se voltou para os cubos de madeira que empilhava, formando construções. O almoço era macarrão com almôndegas, mas, se eu preferisse, poderia comer sopa de batata-baroa. Era a refeição do garoto, que acabou por sobrar um pouco na panela. Eu não quis.

Quatro encontros depois, comecei a sentir que Barros já me conhecia o suficiente para me considerar um amigo. Foi quando ele falou sobre a perda de seu pai e me perguntou sobre a minha. Era uma perda comum para pessoas da nossa idade.

    Ele me contou que Fardo era mais como um colega. Segundo suas palavras, ele era muito "putanheiro". Fiquei surpreso, pois não havia tido essa impressão. Perguntei mais da vida alheia, então Barros me contou que descobriu da maneira mais fácil possível. Fardo o chamou para uma noitada de curtição. Ele pensou que ia tomar umas e entrosar com o parceiro, mas, quando viu, o homem se engraçava com mulheres da noite que lá trabalhavam, e então Barros não quis mais estar ali. A esposa e as duas filhas de Fardo eram formosas, e das vezes que as vi, pareciam educadas, e mesmo assim ele tinha esse costume. Mesmo com Barros indo embora depois de dizer que alguma bebida não lhe caiu bem, Fardo continuou instigando-o e seguiu convidando-o, mais especificamente todas as quintas. Com o tempo, Fardo parou de insistir. Barros deixou claro que não era seu tipo de coisa, e, por mais que não entendesse quem trai a pessoa que ama – se é que ama –, não se importava em parecer careta mantendo a relação profissional que tinham. Assim, ambos mantinham um convívio respeitoso, apesar das diferenças. A única coisa que Barros não conseguia era tê-lo como amigo, pois pessoas que traem, traem a qualquer um.

Ele também me falou mais de Baruque, seu filho. Exemplificou os porquês de não o ter colocado na escola. Reparei que ele só contava sobre experiências recentes, mas achei indelicado perguntar sobre o que tinha curiosidade, então só o deixei falar.

Comecei a ir em sua casa com mais frequência. Vi o menino se alimentar com ajuda de sua mãe enquanto eu ficava com Barros no sofá. Ajudei Olívia com um caldo de legumes, cortando-os enquanto ela colocava a água para ferver. Perguntei a Baruque se podia dar um toque diferente com um tempero que a minha avó fazia, ele assentiu. Havia me acostumado com sua aparência, mas os sons guturais quando ele engolia comida não deixaram de ser incômodos – o que não me fazia gostar menos dele. O toque da minha avó era alecrim; eu tinha numa vasilha no quintal de casa, ficava junto de outras folhas, como manjericão e arruda.

O amor daquela família era em forma de suporte mútuo e união. Por mais que Barros não se abrisse com eles a respeito do trabalho, pareciam se acolher muito bem. Senti que ele também fez isso comigo, de certa forma.

Reparei que os pais se comunicavam com o garoto por meio de sinais que haviam criado para coisas cotidianas, como alimentos específicos, desculpas e "me siga". Quando Baruque queria pedir algo que envolvesse objetos, ele só apontava; e se quisesse dizer algo com mais de cinco palavras, escrevia.

Um dia, quando levei Alana para conhecê-los – e ela se comportou da maneira mais amável que alguém poderia –, Baruque escreveu perguntando se tínhamos filhos, e ela respondeu: "Quem sabe um dia", sem se prolongar nisso... Não sei por que não a chamei logo pra passar todos os dias ao meu lado, eu poderia ter tentado uma vez sequer. Acredito que ela só esperava um convite, mas fui bunda mole e não tomei a iniciativa. Não gostava de pensar na possibilidade de me precipitar e estragar o que tínhamos. E é óbvio que ela não se ofereceria, pois se prezava muito e não teria a aprovação do pai. Por mais que ele não precisasse saber, Alana sabia que ele não gostaria, e eu já a vi abandonando vontades graças a esse pensamento... Eu me sinto um tolo por não ter me permitido perceber essas coisas antes, evitava refletir e mudar o que estava bom. Agora, só me resta lamentar.

Enquanto isso, a minha vontade de ter filhos se tornava cada vez mais presente, crescendo sozinha em mim. Deixei de compartilhar muita coisa com Alana – outro arrependimento. Não queria parecer sensível demais ou apaixonado demais e acabei não sendo sincero nas minhas intenções. Frequentemente eu pensava em cenários imaginários onde via uma criança parecida comigo e com a pessoa que amo se tornando um indivíduo.

Uma criança ficando jovem, alcançando autonomia e independência para fazer suas próprias escolhas, tomando dimensão do que pode ser a vida e o mundo. Parece a maior realização que um homem pode ter, apenas observando de perto. Uma experiência que não se equipara a nenhuma outra.

Barros reconhecia e incentivava muito os gostos e interesses de Baruque: arquitetura e animais – eu até lhe dei alguns livros, inclusive. Lembro-me muito do sorriso dele, seus olhos ficavam pequenos e os músculos da maçã do rosto, apesar de parecerem débeis, levantavam o quanto conseguiam, assim como o seu único lábio, o superior. Seu resto de estrutura mandibular enrijecia. Tinha sua graça, era bom vê-lo encontrar humor nas coisas.

Acredito que a capacidade de desenvolvimento de um ser em formação se deve ao tamanho da compreensão que recebe em seu crescimento, além dos estímulos e a forma com que as coisas lhe são apresentadas.

Isso me levou a pensar muito sobre Heitor. Homens como Benício são extremamente irresponsáveis; por mais que desse lar e comida ao filho, não o dera nenhum respaldo emocional.

Eu decidi voltar a vê-lo como o que era: uma criança em crescimento recebendo todo tipo de referência ruim que a vida pode oferecer. Escolhi olhá-lo com compreensão, mesmo diante do seu estado mental e suas ações perturbadoras. Queria que ele conhecesse um novo universo, onde pudesse não se sentir sozinho, e que não precisasse se provar "homem" com apenas onze anos, assumindo comportamentos e responsabilidades de gente grande.

Sei que, enquanto professor, não era responsável pessoalmente por ele, mas, enquanto um adulto que teve uma boa criação, me senti, sim, responsável. Ele claramente precisava de ajuda, sua destruição parecia ser um pedido desesperado por socorro. O garoto precisava de alguém que o visse e escutasse. Se tivesse auxílio e atenção, talvez as coisas mudassem. Havia outras mil formas de ele exercitar o gosto pelo comércio e até pela carnificina, se é pelo que de fato se identificava.

Descobri mais coisas sobre Heitor, por exemplo, que amava feijão preto e ver figuras de livros, principalmente as escuras, com vários riscos. Que rabiscava sempre que tinha um jornal ou revista por perto, vandalizando retratos. Desenhava muito mal, mas tinha identidade. E que roía as unhas, como eu.

Ele passou a frequentar a biblioteca quando bem entendia, o que era relativamente frequente, cerca de três vezes na semana. Acho que ele ia porque eu lhe fazia companhia, não porque se interessava pelo que o lugar tinha a oferecer. Seu pai não pareceu ver problema.

Eu tinha livros infantis, alguns de quando era criança; meu pai sempre aparecia com um ou outro. Heitor amou um que eu não gostava, pois sentia certo medo das ilustrações. Contava a história de um gigante que roubava sonhos. Dei de presente para ele.

Ele fora, desde o início, naturalmente difícil de conversar, principalmente sobre sentimentos, mas, com o passar de nossos encontros, começou a se mostrar mais curioso a meu respeito. Com isso, acredito que sentiu mais confiança para falar de si, mesmo que sem perceber.

Descobri que seu pai também teve muitos problemas com o próprio pai, e que Heitor nunca conhecera o avô, pois o abominavam. Curiosamente, ninguém podia falar mal dele além de Benício.

No geral, a vida do menino era bem conturbada por conta de contradições constantes: ele associou amor à violência, controle à obediência, respeito à submissão... Assim como seu pai.

Tentar se desenvolver em um ambiente onde você é reprimido por simplesmente pensar ou ter dúvidas a respeito do mundo deve ser sufocante.

Houve um dia em que discuti com Heitor. Ele adotou uma postura brusca – previsivelmente – porque falei de seu pai. E, assim como Benício, dizia: "Ninguém pode falar do meu pai a não ser eu".

Enquanto Heitor contava sobre uma das noitadas do homem, eu proferi "prepotente". Primeiro, Heitor me perguntou o que significava. Eu disse que era uma palavra usada para se referir a pessoas abusadas e arrogantes, mas me arrependi logo depois. Ouvi que *eu* era prepotente por falar assim do pai dele; que ficava com essa pose de "metido a inteligente", sendo que não entendia nada da vida real.

Foi desrespeitoso falar daquela forma sobre Benício. Heitor acreditava que as ações do homem tinham razões plausíveis, e que a culpa não era do pai, mas sim de sua mãe "mole" e dele próprio, "um erro". Fico imaginando quantas vezes ouviu isso. Ele aproveitou para me humilhar, dizendo que seu pai era o homem que eu jamais seria, que eu falava sobre minha "mulher", que nunca estava em casa, e adivinha por quê? Porque eu sou tedioso, broxa e débil. Disse que eu o enrolei, falando que compraria sua casa, e que, no fim, não devia ter nem dinheiro para isso. Ele zombou *mesmo* de mim.

Foi uma situação muito difícil, porque ele não me escutava, se doeu profundamente, e por mais que eu não fosse responsável pelo que de fato o afligia, me sentia muito mal por tudo. Não queria ser uma figura ruim em sua mente, mas Heitor me via como alguém "frouxo". Prefiro ser assim do que outro radical, não era uma ofensa.

Sua capacidade de aceitar sentimentos não agressivos vindos de alguém estava muito comprometida, ainda mais naquele momento, enquanto tentava me esclarecer e me desculpar – talvez ninguém nunca tivesse tentado se desculpar com ele. Também tentei me justificar, dizendo que a situação da casa ficou apertada porque tive que guardar o dinheiro, mas que futuramente voltaria a pensar nisso.

Heitor não ouvia nada. Seu pesar não resolvido de tantos conflitos veio à tona como uma raiva descomunal. Queria parecer íntegro, forte.

Eu percebi que queria mudá-lo. Não porque não o aceitava, mas porque temia que se tornasse seu pai. Quando me dei conta, percebi que pensava por ele às vezes, como se soubesse como é estar em sua pele. Não o vi enquanto um indivíduo nessa atitude. O que eu mais queria era que ele conseguisse ser ele mesmo e pudesse aproveitar a infância, sem a carga traumática que o perseguia desde o princípio, mas isso só o afastaria mais e mais. Ele estava preso na ideia de que era alguém difícil de se lidar.

Ele só parou depois de muito gritar, enquanto eu o observava e tentava alguma manifestação, então ele desabou de chorar. Um choro raivoso. Tentei me aproximar, mas ele foi embora. Nos dias seguintes, não me olhava ou falava comigo. Respeitei, até que decidi levar para a escola pé-de-moleque, um doce do qual ele gostava muito. Eu lhe entreguei na saída, ele só pegou e tomou seu rumo. Aos poucos, voltou a aceitar pequenas interações.

Ele tinha mais dificuldades de comunicação do que Baruque. Não tinha nenhum bom exemplo em casa, conhecimento básico de oportunidades e senso para criar autonomia intelectual no futuro...

Àquela altura, tentava seguir meu emprego, ajudar Barros com a investigação, lidar com tudo o que ela trazia e apadrinhar um garoto.

Barros percebeu o que eu estava fazendo, então entrou no assunto *paternidade* comigo. Foi nessa conversa que descobri que havia um motivo para eu só ter memórias de Baruque há três anos.

Olivia engravidou há nove anos. Foi uma gravidez cheia de complicações e, no sétimo mês de gestação, perdeu o filho e quase a própria vida devido a uma hemorragia que foi contida com muito esforço e um longo tempo de recuperação.

Depois de seu puerpério, voltaram a tentar. Era um sonho para os dois, mas não tiveram sucesso por várias vezes consecutivas. Passaram por alguns médicos e descobriram que Olivia havia se tornado infértil após as complicações da gravidez. Houve alterações uterinas que a impossibilitavam de ter uma gestação.

O tempo passou e eles haviam aprendido a lidar com essa falta que os consumiu durante anos. Até que apareceu na cidade uma criança completamente desnutrida e com a boca estilhaçada, que não falava, não possuía língua e mal abria os olhos. Estava pelas proximidades da floresta como um completo estranho, sem norte, sem memória e ensanguentado.

Ele foi levado para Barros, que o encaminhou aos médicos. Fizeram uma avaliação e tudo foi inconclusivo. O menino provavelmente sofrera uma contusão, ou talvez tivesse sido vítima de extrema violência e passava por um momento de estresse pós-traumático, que muitas vezes destrói lembranças.

Enquanto sua situação não se tornava estável, o xerife foi até a prefeitura comunicar a respeito, para caso alguém buscasse por uma criança desaparecida. Barros o supervisionaria enquanto isso, levando-o para casa provisoriamente. O xerife chegou a vagar pelas regiões próximas, procurando por alguém que estivesse preocupado com a perda de um filho, mas nada encontrou.

Barros acabou construindo uma relação de confiança com o garoto, até então sem nome e sem família. Ele praticava exercícios para fortalecer a musculatura da região danificada, e seus sangramentos pararam. Olívia adaptou as refeições para que ele conseguisse se recuperar com sustento. Barros não sabia mais o que fazer, e aquele menino não merecia estar naquela situação. Nunca procuraram por ele. Na casa do xerife viveu desde então.

Depois de saber disso, me dei conta de que Baruque não se parecia nem um pouco com seus pais. Olívia, com seus olhos fundos, escuros e seu notável nariz; Barros, com os mesmos olhos e um porte grande, enquanto Baruque era esmirrado e franzino. Pensei que pudesse ter os olhos claros por ter puxado os avós, mas sabe-se lá de onde vieram.

 Barros acredita que o garoto foi abandonado, não que se perdeu, pois, quando o encontrou, estava definhando há mais tempo do que tinha memórias. Demorou até que as feridas curassem e ele pudesse se alimentar sem sentir dor. Na opinião dele, era até positivo, de certa forma, que não tivesse lembranças. Provavelmente nunca o procuraram por não *quererem* encontrá-lo. Depois de algum tempo, escolheram o nome Baruque para se referir a ele. É um nome hebraico e significa *bendito* – Olivia quem escolheu. A idade estimada dele era a mesma que teria o filho que perderam, doze anos.

 Baruque gostava de estar perto de Barros, que sempre se mostrou cauteloso e responsável. Como suas memórias foram construídas ao lado dele, criou amor, não se revoltando com o cenário.

 De volta ao ponto... Minha aproximação com os dois aconteceu dentro de semanas. Barros havia comentado que o tempo de diferença entre os últimos dois ataques era de aproximadamente um mês, então, se o que quer que fosse operasse nesse intervalo de tempo, o dia estava próximo. A ideia de comunicar às pessoas em tom de fofoca se intensificou. A incerteza me deixava mais apreensivo do que nunca e os últimos dias foram os mais difíceis de dormir...

Minha mente adentra agora um espaço ruinoso. O que aqui se sucede é de uma tristeza profunda. É amargo, escombroso.

Por mais que eu estivesse entorpecido após ser submetido a uma carga alta de estresse, não tenho a menor dúvida sobre a veracidade do que escrevo. Isso coloca em pauta minha sanidade e integridade, mas meu propósito, além do entendimento de Barros, é alertar, pois o caráter do acontecido ainda é desconhecido.

Espero que escutem com atenção. A existência das coisas não depende do que você ou eu acreditamos. O conhecimento humano é medíocre. Pensamos saber muito, pensamos dominar a cadeia alimentar, mas somos como toupeiras, cegas em plena luz do dia. O horror que a vida pode carregar transcende o mundano.

Me sinto débil ao lembrar, e a dor da perda torna tudo mais difícil.

Aconteceu em dezesseis de julho. Era uma noite escura e quente, por isso eu repousava na cadeira do meu pai, na varanda, quando tive um vislumbre da minha infância. Do dia em que meu pai me falou sobre a morte.

Quando perdi minha avó, ele disse que seu corpo se esvairia como restos de comida virando adubo, mas que nenhum ser humano deixava de ter sua mãe. Nunca. E que, assim como a minha estava em mim, a dele estava em nós dois.

Ele me familiarizou com a ideia de que nós, e todos aqueles que amamos, em algum momento partiriam, mas que o amor que eles nos causaram não iria a lugar algum. Dessa forma, eles permaneciam vivos. Nós não precisávamos gostar da ideia da morte, mas temê-la só faria com que o inevitável fosse mais doloroso.

Por mais que eu tenha crescido vendo tudo como temporário, nada é capaz de me trazer conforto ao me lembrar do tronco de Arthur. Penso sobre seus pais no enterro. Pais sepultando filhos é sempre desolador, e nesse caso é, também, especialmente assombroso.

Caí em perdição. Tudo ficou desconexo, e elucidar-me parecia fora de alcance. Eu comentei sobre as crises em que meu ar se esvai, minha garganta entala e uma voz ensurdecedora impossível de calar ignora minhas tentativas de melhora. Também comentei sobre beber para conseguir algum descanso. Foi o que fiz naquela noite. Tentei aquietar meus pensamentos após a dor intrusiva e o medo de que algo estivesse se aproximando, dado o intervalo de tempo entre os incidentes anteriores.

Eu tenho uma arma em casa. Em cidade pequena, todos têm, por mais competente que a autoridade seja. Muitas vezes não há tempo para chamar alguém para te defender.

Era uma escopeta, eu só tinha uma bala, pois nunca comprei mais desde que meu pai a deixou para mim. Achava que era o suficiente. Se o tiro não acertasse, pelo menos assustaria um criminoso e faria com que se afastasse. Nunca havia usado, mas, sendo completamente sincero, naquela noite ela estava facilmente acessível.

Não era a primeira vez que pensava em acabar com a minha vida, e essa parecia ser a melhor forma.

Cheguei a sentir o gelado do cano na boca. Eu não acreditava ser prestativo ou essencial para a investigação. Sentia-me um urubu que chegava sempre depois da carnificina ter sido feita para tentar tirar algo dos restos. Nunca uma águia. Parecia que faziam tudo bem embaixo do meu nariz e mesmo assim eu não via.

Me encontrava no sofá da sala, o nariz trancado de catarro e os olhos pregados de tão inchados depois de chorar de medo, preocupação, saudades e por ter consciência de coisas tão terríveis. Respirei fundo e, em um lapso de estresse, perdi a consciência.

Acordei quando ouvi latidos descontrolados do Capa. Eu o entendia bem, todos seus grunhidos e abanadas de rabo diziam algo. Quando sentia fome, reclamava como uma criança das cavernas que não queria chorar, quando abanava o rabo feito chicote, estava irritado, de saco cheio – geralmente o via assim quando já havia cansado de brincar com a Preta e ela não lhe dava paz... Naquele dia, seus latidos eram de alerta.

Enquanto tentava me levantar, ouvi um grunhido alto de agonia vindo do lado de fora. Empunhei a arma e segui o som.

A natureza da realidade tornou-se uma incógnita. Minha cabeça latejava e a única explicação lúcida seria delírio, alucinação.

Fui cambaleante até o cercado e me encontrei de frente com uma monstruosidade *imensuravelmente grotesca*. Por mais que meu nariz estivesse tomado de ranho, o cheiro de ferro empesteou meu canal respiratório. Pude até sentir o gosto na minha boca, de tão forte.

Meu mundo desmoronou. Meus cachorros estavam despedaçados. O que os diferenciava das vítimas anteriores era apenas quantidade abundante de sangue que ainda circulava em seus corpos. A *coisa* não havia tido tempo suficiente para esvaí-los, mas teve tempo de abater os dois.

Eles sempre foram companheiros. Preta nasceu primeiro, Capa era menor que ela e eles estavam sempre grudados. Havíamos os encontrado depois de ver um papel pregado numa parede anunciando filhotes. Íamos levar só um de uma ninhada de cinco, então escolhi o macho. Preta não havia parado de latir e resmungar, pulava no cercado que a separava do irmão enquanto tratávamos da negociação com o responsável. Ele nos disse que eles eram muito apegados um no outro. Tentamos levar Capa sozinho, mas ele parou de comer e chorava muito. Decidimos por fim adotar um cachorro para nosso cachorro, e, quando voltamos, lá estava sua irmã. Ainda não tinha sido adotada por ter a pelagem diferente e ser maior que os demais, já que foi a primeira a nascer.

Ela era escura, quase inteira da mesma cor. Tinha apenas dois pontos mais claros: as sobrancelhas e a parte debaixo do queixo. Por isso meu pai escolheu esse nome. Já o macho tinha a pelagem clássica dos pastores; a parte de baixo toda clara, e um manto preto por cima das costas. Era muito bonito; tinha uma das orelhas baixa; Preta tinha as duas sempre despertas, apontando para cima.

Acredito que a criatura tenha pegado um deles, e como o outro representou uma ameaça, matou também. Um pedaço de carne flexível e pontiagudo saía dela e se conectava à parte inferior da Preta. O sangue da minha cadela percorria a extensão dessa coisa vermelho-escura com textura muscular.

Não tive tempo de reação. Era impossível identificar do que se tratava aquilo que os consumia, então apenas apontei a arma e disparei.

Quando retomei minha consciência, me vi *feliz* por um instante, pensando ter matado *o ser*.

Quando me dei conta, Barros me sacudia. Eu havia tido outro apagão, estava em histeria completa quando me perdi. Largado nos fundos do quintal, me vi ao lado de um buraco no chão, tapado com pouca terra. Um ar corrosivo penetrava minhas narinas.

Ele tinha acabado de chegar, a primeira coisa que ouvi foi: "O que diabos aconteceu? Você viu meu garoto?!".

Eu fiquei catatônico. Ao acordar, subitamente pensei que tinha sido mais um sonho bizarro. Porém, ao me dar conta de que foi real, urrei como um animal. Não consegui me mover dali. Barros fez a expressão mais ultrajada que já vi, seguida da mais desolada possível.

Ele pegou a pá que repousava no monte de terra. Eu havia cavado um buraco, mas não terminei de cobri-lo antes de desmaiar.

Lá, além dos meus dois companheiros divididos ao meio, também jazia seu filho, Baruque. O garoto, por sua vez, tinha um buraco de tiro que explodiu seu peito.

Não era Baruque, não era humano. No momento em que apertei o gatilho, não era em uma criança que atirava, mas em uma aberração inefável. Seja lá o que fosse, tomava conta daquele pequeno corpo de menos de um e cinquenta e drenava o sangue dos animais que mais amei. Uma forma se instalava onde Baruque não tinha nada, ocupando sua debilidade. A coisa se mexia de maneira parecida com uma língua, mas era bem maior e mais forte. Aparentemente, funcionava como uma lâmina absorvedora, perfurando e sugando.

Após o tiro atravessar Baruque, vi a forma bizarra se desprender do rosto repartido e descer até o chão, enquanto o corpo caía como uma carcaça inutilizada.

Era como um artrópode enorme, lembrava um carrapato. Se contorceu como se estivesse se engolindo, definhando como uma aranha faz depois que você dá uma chinelada nela. Até desintegrar na minha frente, desaparecendo em meio ao sangue e à terra, como eu esperava que aquele peixe do meu poço fizesse quando o deixei no chão. Não sei o que vi, não sei se se enterrou, não sei...

Finalmente olhei para o resto e pude identificar o corpo. O garoto... Não tinha claridade naquela noite de lua minguante, pensei que minha vista estava me enganando.

Quando reconheci, sua esclera não tomava mais conta do espaço dos olhos, suas pupilas repousavam, fitando o nada. Enquanto reparava nisso, tive a impressão de ver lágrimas escorrendo pelo seu rosto.

O sangue dos três se misturava, formando uma poça enorme que consumia minha terra.

Hoje, me pergunto se em algum momento Baruque foi o garoto que era. O buraco em seu cenho parecia perfeito para a instalação e a atividade daquela aberração. A forma com que Barros o encontrou, sem família e cheio de sangue... Será que foi apenas uma coincidência infeliz? Será que era humano ou nos mimicava? Aquela criança coexistia com a monstruosidade? Um sabia sobre o outro? Ou será que só aquela noite usou seu corpo, e das outras vezes foram outros hospedeiros? E, se sempre foi ele, aprendeu a esconder? Lavar o sangue chegando em casa? Sair de fininho? Será que era uma criança? Será que sentia culpa? Medo do abandono?

Será que o Baruque devorou Arthur?

Ele não respondia por si? Lutava contra? Sentia medo de perder o que tinha? Será que tinha uma maturidade infantil? Ego? Ou prezava pela sobrevivência? Não é possível...

Será que Barros sabia, mas por estar se tornando de conhecimento público precisava encobrir? Incriminar alguém? Não é possível. Será que ele me escolheu por ser uma pessoa solitária? Por que meus cachorros? Por que meu aluno querido? Eu não quero pensar nisso. Não é possível. É um pensamento paradoxal, absurdo. Deve ter algo de errado comigo.

Preciso retomar o que queria dizer.

Depois do tiro, eu caí no chão e desejei mais do que tudo que meu pai tivesse deixado mais uma bala na escopeta. Ainda estava bêbado, me fragmentando. Não aguentava mais olhar para aquilo. Rastejei sem rumo para longe, chegando quase na estrada.

Meu único vizinho próximo apareceu. Benício saiu armado e se aproximou de mim rapidamente, antes que pudesse perguntar qualquer coisa, falei sem nem processar: "O tiro veio daí?", então ele disse: "Não, pensei que tivesse vindo daí". Acenei em negação e respondi que ia ficar atento, para ele voltar a descansar e, se eu precisasse, gritaria. O homem deve ter percebido que eu estava bêbado. Ele mesmo nessas circunstâncias já se assustou com sombras e atirou no vazio da noite. Acho que só não percebeu que tinha algo de errado porque estava atrapalhado pelo sono e porque minhas roupas eram escuras, não tinham manchas de sangue aparentes. Ou talvez tenha percebido e não deu a mínima.

Eu menti porque estava transtornado e ele não tinha vista para os fundos da minha casa. Não soube lidar, acho que, mesmo se tivesse dias para pensar, não encontraria uma maneira dentro dessas circunstâncias.

Um pouco depois, voltei para lá e comecei a cavar. Nunca estive tão atormentado, me sentia uma máquina. Não tinha mais noção, estava em uma desrealização desconexa com tudo ao redor. Ouvia vozes discutindo dentro de mim, dizendo tantas coisas e emitindo tantos sons, desejos, instruções, que tudo se tornou apenas uma balbúrdia ensurdecedora.

Levei os corpos para o buraco. Capa e Preta ainda estavam quentes, mas tive a impressão de estarem mais leves. Não sabia como transportar as quatro partes, a única coisa que eu queria era que fosse eu no lugar. Na perfuração por onde Preta foi sugada, o tecido parecia ter enrijecido e ficado enxuto, dessecado. Já Baruque era uma criança desacordada, abatida, com seu pouco peso, ossos longos, membros finos e frágil, como sempre me pareceu...

Coloquei os cadáveres no buraco, obstinado, até não ter mais forças. Terminei completamente desorientado, vi as bordas escurecendo e meu eixo se perdeu. Então, desabei no chão.

*

Agora cabe esperar. Tendo em vista as datas das manifestações, é possível afirmar um padrão. Sabe-se lá se "Baruque" era o único que tirou todas essas vidas até agora. E, com a perda da sua, se o que era, ou estava nele, se esvaiu também.

Essa espera e a falta de informações do exterior me deixam em agonia. Até onde eu sei, nada encontraram além da minha bala. A criatura sumiu de maneira abrupta. Eu cogitaria ser criação da minha mente, se não fosse pelos pedaços perfeitamente fatiados dos meus cachorros e a figura permanente desse ser desconhecido perseguindo os meus vazios entre uma palavra e outra.

Estou aqui porque atirei em uma criança e aparentemente esquartejei meus próprios cachorros, além de outros animais, e um garoto que era meu aluno. Por mais que não tenham achado nada que me relacionasse aos incidentes – nem instrumentos, nem nada de suspeito em minha propriedade –, era o certo a se fazer, tendo em vista como receberam a informação.

Independentemente de tudo, acredito que Barros tenha noção de que o que aconteceu não foi feito pelas minhas mãos. Aquela noite foi um pesadelo surreal e, por mais que eu descreva o acontecido, continua inexplicável.

Parece imbecil implorar que alguém acredite, mas é a única coisa que me restou, além de esperar. Nós perdemos demais e tenho muito medo de ainda estarmos na estaca zero, esperando outra tragédia, perdendo cada vez mais. Ou pior, que a criatura agora esteja com vantagem ou atenção sobre nós, caso não tenha morrido.

Tentarei fazer com que esse manuscrito chegue a alguém que dê a atenção que a situação precisa. Caio não voltou aqui, apesar dos meus pedidos, e Alana não veio me visitar. Não imagino o que possa ter acontecido, me sinto totalmente sozinho. Meu propósito não é buscar liberdade; eu nem sei o que faria com isso depois do que vi.

*

    Barros, se você leu isso e não teve nada a ver, se não tinha ideia sobre Baruque, desconsidere meus questionamentos. Se foi apenas uma coincidência bizarra, perdoe minhas acusações. Eu sinto muito, muito mesmo, por todas as suas dores e perdas, principalmente a de seu filho. Eu também a sinto, todos os dias.

    Mas, se minhas suposições forem reais, você queria protegê-lo. Independente de ser uma cópia de nossos comportamentos, ele demonstrava individualidade e carinho por você, que sempre quis ter um filho. Ele pareceu vir dos céus, benevolente e amável, com comportamentos mundanos. Mesmo que fossem gestos aprendidos, imitações ou que coabitasse aquele corpo com uma outra consciência de instintos predatórios, para nós era Baruque.

    Por favor, me dê a paz de apodrecer com pelo menos uma certeza, ainda que eu fique para sempre preso aqui: Em algum momento, tive sua confiança? Ou apenas fui usado?

    Todos pensam que sou maluco. Mesmo que me ouvissem, seria apenas mais loucura. Sane pelo menos meu desconhecimento para que eu possa perder minha cabeça sabendo os motivos reais, e não pela eterna dúvida sobre o que aconteceu.

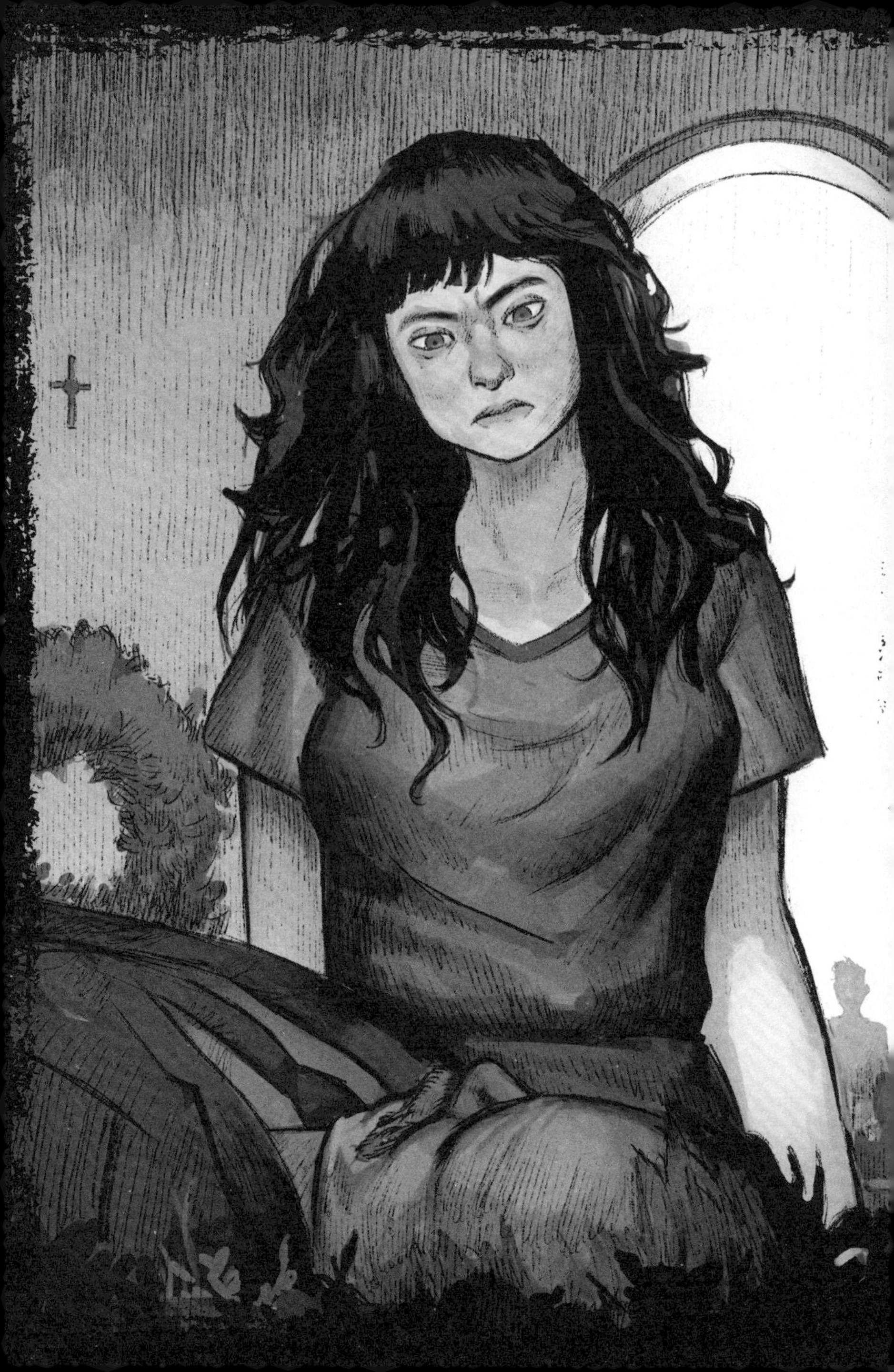

OLHOS

Pouco depois da morte de sua filha, um senhor descansa, estático. Ele morreu de causas naturais, aparentemente. Por conta da idade e de complicações de saúde trazidas por ela.

Pessoas choram no velório e comentam sobre a tragédia com uma menina: "Primeiro sua mãe, agora seu avô. Deve estar devastada". Ela, por sua vez, balança a cabeça, em afirmação, enquanto encara o cadáver.

Esse corpo pertenceu a alguém que fez da vida de muitos ao redor um verdadeiro inferno – principalmente a de sua também falecida esposa, Damira. Seu nome era Donato. Eles se conheceram quando ela tinha doze anos e ele dezoito. Não demoraram a consagrar a relação. Aos quinze, ela engravidou do primeiro filho, mas ele fez com que perdesse a criança por meio de agressões, já que, naquele momento, não queria filhos. A segunda gravidez aconteceu dois anos depois. Por medo, escondeu o máximo que pôde. Aos quatro meses, o feto vingou e se tornou impossível de não ser reparado, então fingiu descobrir junto ao marido.

Esse bebê perseverou. Assim, Amanda nasceu, e com a cara da mãe, quando completou três anos, a terceira gestação de Damira aconteceu. O menino Marcelo nasceu e, com isso, Donato sumiu da noite para o dia, deixando nada além de uma carta avisando que estaria no Pantanal para ganhar dinheiro e que logo voltaria, levando consigo todas as economias da família. Ele foi para o Mato Grosso, muito distante de Ourinhos, em São Paulo, onde essa parte da história se passa.

    A mulher, após um mês tentando sobreviver com uma criança e um bebê recém-nascido, sem oportunidades ou recursos, dependendo da caridade de desconhecidos, voltou para a casa da mãe, onde foi mal recebida. Insinuaram que era incapaz de manter o marido próximo e fazê-lo feliz. Por motivos como tal, ela não buscou apoio familiar antes.

    Lá, aproveitava seus poucos momentos sozinha para colocar a dor para fora, como no banho. Infelizmente, nem isso podia fazer com tranquilidade. Chorava baixo para não ouvirem, e pouco pro rosto não inchar.

    Se sentia sozinha, mesmo com a companhia dos filhos. Eles lhe causavam um vazio pessoal profundo, pois havia renunciado ao próprio orgulho e suas próprias necessidades para garantir o mínimo a eles. Foi tão condicionada que sua existência se resumiu a servir e cuidar.

    Ela não tinha estabilidade, emprego ou qualquer tipo de formação – assim como a maioria das mulheres antigamente –, mas se interessava por música e era dona de uma voz excepcional, que quase ninguém pôde ouvir solta. Seu talento era eminente, mas inexplorado.

Somente seu pai trabalhava. Por mais que tivesse um teto, eram em cinco pessoas. Houve dias em que não comeu para poder alimentar as crianças.

Depois de dois anos de penar, Donato apareceu. Sua mulher tinha praticamente perdido as esperanças de um retorno. A filha, com cinco anos, não o reconhecia. O bebê de dois anos não queria seu colo.

No tempo em que "fugiu", sabe-se lá o que fez. A única coisa que Damira descobriu foi por meio de uma carta destinada ao marido, recebida seis meses após sua volta. Nela, uma mulher sofrendo de saudades pedia para que voltasse e conhecesse seu filho.

Ele construiu outra família no tempo que passou distante, mas nunca falou sobre ela. A esposa de São Paulo jogou a carta no lixo, escolhendo aturar por conta própria. Mais um peso enorme.

Amanda cresceu, e com onze anos de idade, ao acompanhar o pai em bares, recebia olhares maliciosos, repugnantes. Donato, em vez de protegê-la, insinuava aos amigos de jogo que, se ele perdesse, poderiam usá-la. Por sorte, sorte mesmo – porque 21 é um jogo de azar –, ela não teve que lidar com um abuso maior do que sofreu.

Posteriormente, ao começar a entender mais as circunstâncias, passou a nutrir um sentimento de repulsa pela forma de atenção que recebia, apesar de tudo, tentava cultivar afeição e respeito pelo pai.

Ele era uma figura. Qualquer um que o conhecesse, seja um mercador ou transeunte, diria ser uma pessoa carismática. Era muito boa-pinta – e foi até a morte. Tinha um rosto característico, seu cabelo era abundante e grisalho, sempre arrumado em um topete pelo pente que carregava no bolso das camisas sociais de manga curta que usava. Seus olhos eram claros e formosos, e tinha o nariz e as orelhas grandes, o que chamava atenção. O porte era graúdo, o tamanho avantajado, como um urso. Contava histórias de vida cativantes e aparentava amar sua esposa quando socializava com outras pessoas.

A mulher sofreu na mão de Donato até o fim. Faleceu há algum tempo de pneumonia pela idade e óbvia falta de vontade de permanecer viva. Ela, inclusive, dissera algumas vezes que se sentia preparada para partir, que esperava pelo fim.

Se manteve em silêncio por uma série de motivos: medo, dependência financeira e afetiva, falta de autoestima, preocupação com a criação dos filhos e a responsabilidade de preservar o casamento, as aparências e a família. Pensava ser "ruim com ele, mas pior sem". E dessa forma ensinou às crianças. Na prática e na teoria, pregava reverência e submissão.

Amanda amadureceu sem conhecer seus direitos. Não estudou nem desenvolveu grandes ambições, pois, quando as manifestava, era ridicularizada como se fosse incapaz de conquistá-las.

Ela gostava de amparar, ajudava muito sua mãe. Enfermagem poderia ter sido um caminho a seguir, se tivesse tido incentivo. Tinha facilidade para acolher e tratar, mas nunca desenvolveu nenhuma habilidade específica fora os cuidados que uma casa necessita. Aos dezessete anos, engravidou de um rapaz que a respeitava e podia oferecer-lhe segurança. Teve uma menina e lhe deu o nome de Lucia.

Amanda manteve esses pensamentos antigos firmemente enraizados e carregou o peso de nunca dar espaço à pessoa que poderia ter sido.

Ela era grata à Damira, sua mãe, pelo amor que recebeu, assim como amava seu pai, por ter lhe provido "o que pôde". Ela não tinha muitas memórias da infância, seja pelo trauma ou por sua mãe tê-las alterado. Vivia em um universo de falsas aparências e mentiras, acreditando que era assim com todo mundo. Aos trinta e cinco anos, depois de perder a mãe e a filha ter se formado, foi atropelada por um ônibus.

No enterro da mulher, Marcelo, seu irmão e o bebê do início da história, agora conhecido na família como *maluco*, abordou sua sobrinha, Lucia, enquanto ela tomava um ar no exterior do salão depois de ter cumprimentado todos os conhecidos, realizado a cerimônia e chorado tudo que podia.

O homem quis se abrir com ela, estava em estado de choque. Ele acreditava que o que tinha acontecido não fora um acidente.

Estando distantes de outras pessoas, Marcelo começou a falar: "Menina, sua mãe viveu em tamanha dor...", mas ela não pareceu entender, então ele perguntou: "Amanda já te contou da história dela?".

A garota respondeu que não, sabia apenas sobre uma gravidez inesperada e um casamento às pressas, além de que Amanda dedicou a vida a cuidar da filha e dos pais.

Ele seguiu perguntando se gostaria de ouvir. Ela, mesmo sobrecarregada, fragilizada e tendo em mente que tudo que ouviria podia ser loucura, escolheu escutar.

Marcelo inspirou como quem toma coragem, e seguiu contando sobre sua infância, de quando ia acompanhar o pai no bar sem ter opção (acontecia quando Donato e Damira brigavam feio e ele queria a punir deixando sozinha, por isso levava as crianças).

Lá, o pai oferecia seus corpos, falava para marmanjos idosos que o menino era "viado" e que "servia" igual à garota. Houve uma situação em que um desses homens pensou ter a liberdade que lhe foi dita, e chamou o garoto para ir lá fora. Marcelo, cansado de estar naquele lugar degradante e percebendo que o pai mal o observava, escolheu sair, sem identificar a má intenção. O homem o levou até uma viela próxima, e foi aos nove anos que matou a primeira pessoa. Não foi incriminado, pois ninguém o viu.

Em defesa própria, o menino desferiu uma garrafa quebrada e pontuda, encontrada no chão, incontáveis vezes contra a barriga do homem que tentou abusar-lhe. Pensaram ter sido uma briga de bêbados.

Marcelo, ensanguentado na rua à noite, correu à procura por varais aparentes na rua. Trocou de camiseta e jogou a sua no meio do mato. Então, voltou ao bar, pois não podia deixar a irmã sozinha, por mais que ela fosse mais velha.

Tudo estava igual ao momento em que deixou o lugar: a menina cochilando num banco, debruçada numa bancada; o velho, sem perceber que o filho saiu e voltou, jogava e xingava, envolvido nesse entretenimento nocivo. Ele se debruçou na mesa, como a irmã, e chorou ao seu lado enquanto fingia dormir. Não contou a ela porque tinha medo de entregá-lo, apesar de amá-la e querer confiar em alguém, reconhecia que, além da obediência e devoção dela, essa era uma situação crítica.

Eles acompanharam Donato em outras ocasiões; essa foi a última. A partir desse dia, começaram a se esconder toda vez que um conflito em casa começava. Assim, o homem acabava indo sozinho.

Contou também para Lucia sobre a ida do pai a outro estado e seu desaparecimento por dois anos.

Apontou a forma com que o pai agia com seus próximos, como explorou Damira e Amanda, que permaneciam inertes perante o que acontecia. Ele só aceitava profissionais que fizessem o serviço de faxina. Por isso, sua esposa, e depois sua filha, tiveram que estar em casa todos os dias para ajudá-lo com remédios, comida, banho e a inalação, que fazia algumas vezes ao dia, como um bebê. Tinha 93 anos, por mais que não parecesse fisicamente. Marcelo disse: "Estão certos quando dizem que vaso ruim não quebra. Na verdade, acho que ele só não morre porque a minha mãe finalmente tá em paz no além, deve estar implorando para não ter que ficar junto dele, nunca mais".

O ponto era: o rapaz achava que o atropelamento da irmã não foi uma obra do acaso. O próprio motorista do ônibus afirmou: "Foi muito em cima, era impossível ter previsto ou impedido, pareceu calculado pra eu não ter como parar". Na mesma semana, Amanda havia mandado uma mensagem ao irmão, perguntando se estava trabalhando o dia todo, pois queria que cuidasse do pai um pouco no lugar dela, não aguentava mais.

Ele pediu para encontrá-la para entender melhor a necessidade repentina, e decidiram fazer isso na casa de Donato, onde ela já estaria. Marcelo, ao chegar, viu que Amanda cozinhava o almoço, e, assim que entrou, foi recebido pelo velho com um: "Tá fazendo o que aqui? Veio encher a pança às minhas custas?".

Saíram no quintal para fumar. Ela explicou que estava muito sobrecarregada, que a funcionária que ficava lá havia ido embora por sofrer assédio, e que, por mais que tenha implorado que ficasse, a mulher não se sentia bem lá. Então, até encontrar outra pessoa, precisaria de alguém no lugar. Marcelo disse que tudo bem, porque estava autônomo no momento, e por mais que tivessem passado por muito, ainda eram família. "Devemos amar, honrar e respeitar pai e mãe", completou.

Para concluir, disse à sobrinha: "É impraticável ficar lá. Ele maltrata qualquer um, não muda. Eu topei fazer isso por ela também, porque não abandonou esse velho. Sinceramente, acredito que ela nunca se curou da vida que teve, e que fazia isso por achar que, de alguma forma, foi culpa dela a criação que recebeu. Eu a ajudava no que podia, porque sentia compaixão e a admirava. Suas atitudes requeriam muita bondade e força. Enfim… Na última discussão que tiveram, que foi antes de ontem, e *eu vi*, seu avô falou que ela não servia de nada enquanto pessoa e enquanto mulher. Nem para sexo, por ser filha, disse que 'não daria conta'. Que ela não conseguiu ser nada, que nunca deu orgulho nenhum e que ele não precisava dela, nem nunca precisou, assim como de ninguém. Ela saiu de lá e eu a segui. Tentei conversar e dizer como isso era fodido, mas ela parecia não ouvir. Você entende o que estou dizendo? Preciso da sua ajuda, preciso de ajuda lá na casa, para *cuidar dele*. Agora, sem a minha mãe, sem a sua mãe e sem funcionária nenhuma."

Isso deu um nó na mente da garota. Ela só via o avô em alguns fins de semana quando ia comer pastel em dia de feira. Achava ele razoável; prepotente, como qualquer velho descendente de italiano nos dias de hoje, mas nada absurdo.

O cenário tinha mudado. Por mais que o avô sempre a tenha tratado com decência, nunca sentiu sinceridade ou amor em suas intenções. Diferente de sua mãe, que agora parecia ter escolhido tirar a própria vida. A garota reparou que ela tomou certa distância e parecia deprimida nos últimos dias, mas pensou que fosse a menopausa. Lucia não conseguia reagir, nem chorar. Não sabia se acreditava, mas não pensava que o tio havia criado toda aquela história. Sua intuição dizia que o que acontecera era legítimo, apesar de absurdo.

Sua mãe não compartilhava dos eventos com ninguém. Se Marcelo tentava relembrar, Amanda se irritava. Era um assunto muito sensível que ela preferia afirmar para si que não ocorreu ou que foi interpretado mal.

O marido de Amanda sabia pouco a respeito, quase nada. Ele percebeu de longe que estavam conversando e que a filha estava com uma cara assombrada, então os abordou para ver se estava tudo bem. Quando Marcelo viu o cunhado vindo, pediu segredo para menina sobre o que dissera, pois o homem achava que Marcelo operava fora de sua mente por conta de comportamentos impulsivos que teve no passado.

Então, quando chegou, pararam a conversa, encerrando com Marcelo dizendo: "Obrigado por me ouvir, talvez eu seja perturbado mesmo, mas como não ser, né? Cada um é cada um. Depois a gente se fala".

O tio pareceu sincero. Lucia não entendeu suas intenções com clareza, e parecia contraditório ele continuar ajudando o velho depois de tanto. Ela entendia que havia dizeres cristãos, e que talvez ainda estivesse tentando ajudar a irmã dentro da forma que ela escolheu de lidar com os traumas, como um último desejo. Mas por que dessa forma? Precisavam se encontrar novamente.

Sua cabeça pulsava, o cenário tinha mudado completamente. Ela disse para o pai que estava tudo bem, que apenas relembraram de momentos da Amanda, e que precisava ficar sozinha.

Era hora de ir embora. Ela foi uma última vez até a sepultura depois do caixão já ter sido enterrado, fechado, porque o corpo foi explodido pelo ônibus, desfigurado. E sussurrou: "Mãe, se tem verdade em tudo que o tio me disse, eu sinto muito por não ter nos contado. Por eu não ter visto esse seu lado, por não ter te observado tanto. Eu estou viva por sua causa, só consegui entrar na faculdade pelo tanto que me apoiou, por todas as marmitas que preparou enquanto eu fazia cursinho. Mas só percebi agora o quão pouco te conheci, e reconheci. Enquanto você estava lá, fazendo de tudo por mim. Caso realmente aquele homem não tenha te atropelado e você tenha se jogado na frente do ônibus como ele alegou à polícia, saiba que eu entendo e a perdoo.

Eu gostaria de te ver pequena. Se pudesse acessar isso, deitaria com você na cama, leria histórias até descobrir quais você mais gosta, e dormiríamos abraçadas. Faria mil tortas de frango e mil escondidinhos de carne-seca, porque você comia e se esbaldava. No frio, faria caldo verde. Cantaria alto com você no carro, sem te julgar. Deixaria colocar suas músicas com mais frequência e teria paciência para te ensinar a montar uma playlist. Pentearia seu cabelo liso escorrido, comprido, que corria pelas costas, e o prenderia em tranças. Você amava que mexesse nele; os dedos deslizando pelos fios era seu carinho favorito.

Mostraria que há beleza na existência ao descobrir o que te faz feliz, como quando íamos para a praia e você falava que era seu lugar, corria com a canga nos braços e me fazia sentir vergonha de adolescente. Queria ter te olhado com outros olhos.

Queria que não sentisse tanta dor. Entendo por que nunca falou do passado. Queria ter cuidado de você como cuidou de mim; você não merecia menos que isso, e é uma coisa que nunca teve. Nunca foi uma pessoa ruim, não deveria sentir vergonha, nem agora.

Me impressiona e muito aprecio o fato de que você teceu um manto de compaixão ao seu redor em vez de sucumbir aos mesmos comportamentos de quem te criou. Porém, vejo agora que isso te colocou em outra prisão: você sempre foi um doce.

Às vezes a gente não tem clareza do que são as emoções por falta de palavras que ajudem o cérebro a computá-las e, assim, reagir. Você nunca foi devidamente apresentada a elas, ou sequer permitiram que as descobrisse, como foi comigo. Você sempre foi levada a reprimir, a ser bondosa e a não pensar.

Todo mundo sente em infinitas, incontáveis camadas; lutar contra isso em vez de deixar reverberar foi uma escolha extremamente descuidada consigo mesma. Não que tenha sido sua culpa; não foi. Estava no meio de um caos emocional, cada um com uma linguagem mais contraditória e contaminada que a do outro. Você segurou as pontas, né? Passava a sensação de calma, legitimava todos ao seu redor ao aceitar qualquer coisa.

Como pode você ser tão gentil e continuarem a te tratar tão mal?

Mãe, por que se via passível de merecer o tratamento que te davam? Você não se via como *alguém*?

Me pergunto, agora, se agia com tanta compaixão por não se permitir existir. Achar sempre que devia algo apenas por *viver*. Se estava esperando que outra pessoa validasse sua humanidade em seu lugar.

Mãe, você se sentia detestável porque *olha quem* você foi escolher para te confirmar isso.

Entendo querer essa validação desde que se entende por gente, mas sua vida não tinha esse valor. Você foi tudo.

Você é muito especial, mas não é essa aprovação que te faria ser o que é. Que droga, porra. Me desculpa estar dizendo e me perguntando essas coisas, tô pirando.

Sabe, apesar de seus bloqueios, você foi uma mãe exemplar, honesta. Me amou incondicionalmente e me criou de maneira extraordinária. Ao olhar para trás, vejo o quanto cada ato seu me moldou de maneiras que nunca conseguirei expressar completamente.

É com um profundo senso de admiração e reverência que testemunhei a beleza da sua maternidade. E eu nunca vou ser capaz de te agradecer por isso. Como eu queria ter te falado isso, mãe, por que agora eu não posso? Você ainda existe? Me escuta como escutava? Eu preciso de você, eu não sei como é sem você."

Lucia caiu em prantos, se desesperou até reparar que, a poucos passos dali, ao lado de outra sepultura, havia um quero-quero em seu ninho. Ao contrário da maioria das aves, o quero-quero opta por fazer seus ninhos diretamente no chão. As fêmeas fazem um buraco superficial no solo e adicionam um pouco de grama seca para ficar macio. Lucia pôde ver um filhote escapando por debaixo da asa do pássaro maior, e sentiu certo conforto em imaginar a mãe e a avó juntas, livres da gaiola do convívio com o avô.

Toda essa história lhe doeu, enquanto filha e enquanto mulher, por isso ela decidiu ir a fundo, descobrir mais.

Deixou-se sentir a dor do luto ao longo da semana, e, depois de quatro dias, quando teve alguma força, resolveu ligar para Marcelo, seu tio.

Na ligação, primeiro ele se desculpou por ter sido direto a respeito de coisas tão pesadas e pessoais, disse que foi algo que se manifestou no momento e achou plausível atender ao chamado. Ela respondeu que foi algo humano de se fazer, e que queria entender melhor seus motivos. O homem pediu para se encontrarem. No mesmo dia, à noite, depois dos remédios necessários e da inalação antes de Donato dormir, foram ao shopping tomar um chocolate.

Marcelo novamente se lamentou. Disse que errou ao sobrecarregá-la, ainda mais em uma hora tão delicada, não pensou com clareza e se precipitou. Afinal, se sua mãe não havia lhe dito, ele devia ter respeitado e não contado, mas agora já era tarde.

Seguiram a conversa. Marcelo contou como Amanda ignorava seus valores básicos e sua dignidade, negligenciava, era muito triste. Ele queria que pelo menos uma vez ela fosse vista de verdade por outra pessoa, que fosse acolhida e admirada com todas as suas fragilidades, embora agora estivesse morta. O irmão acreditava que ela se escondia do passado pois queria estar bem, e lembrar a fazia temer e reviver eventos traumáticos que tanto tentou evitar que fizessem parte de sua identidade. Ao fazer isso, não criou espaço para melhora e acabou alimentando seus segredos até que uma ideia acabasse com ela.

Lucia tinha um sentimento estranho crescendo cada vez mais em seu interior. Ela se comportava de maneira analítica.

Questionou o tio sobre aquele homem do bar, "a primeira pessoa que matou", e perguntou se houve alguém depois. Marcelo respondeu sem pestanejar que sim, uma noite, quando ainda morava em Ourinhos, ouviu uma movimentação em casa. Quando foi silenciosamente até a entrada, encontrou um homem saqueando o lugar. Estava armado e, assustado por ter sido notado, desferiu um tiro contra o ladrão, que morreu na hora. Marcelo se arrependeu: "O homem podia estar roubando pra colocar um pão na mesa dos filhos", mas ele não pensou naquele instante, e se martirizava até então por isso. Acreditava, inclusive, que, se não tivesse feito o que fez quando criança, talvez tivesse agido diferente.

Se passaram trinta minutos de conversa. Lucia pediu que contasse novamente a história, se desculpando por ser difícil de revisitar. Ele o fez, contou exatamente como da primeira vez. A intenção dela era justamente averiguar isso.

Ele acabou falando algo inédito: Amanda havia contado para a filha que a funcionária que se demitiu, o fez por conta de um assédio: num belo dia, ela perguntou ao velho: "O senhor está precisando de alguma coisa?", ao que ele respondeu: "De uma chupadinha aqui", enquanto pegava e sacudia o pau mole para fora da bermuda. O tio, entretanto, revelou que o buraco era mais embaixo.

Após o incidente, a mulher planejou evitá-lo até o fim do expediente. Mas, pouco tempo depois, ele aleatoriamente começou a acusar a funcionária de estar roubando coisas dele, e a ameaçou, dizendo: "Se você continuar assim e minhas coisas não aparecerem, *eu te pego*", em seguida a mostrou uma faca embainhada na cintura. A mulher, apesar de precisar do dinheiro, ficou apavorada e não suportou. Ela mal sabia que algo tinha desaparecido. Então fugiu, ligou para Amanda, a contratante, e explicou a situação, em seguida bloqueando o contato. Amanda, junto do irmão, foi até a casa do pai entender se ele estava tendo uma crise psicótica ou coisa parecida.

Foram recebidos com Donato dizendo: "Sabia que aquela baranga ia sair por aí choramingando, não sabia obedecer", e riu. Sua filha gritou se ele era louco, então o homem mostrou pros dois que não era uma faca em suas calças. O que ele ainda guardava, com o cabo de fora, era na verdade uma chaira – um utensílio de churrasco usado para amolar e afiar outros. "Mulher é tudo muito burra", ele disse, rindo mais ainda. Uma chaira também é um objeto que pode machucar e furar alguém.

Apesar de tudo, o homem parecia são. Era maldoso, agindo propositalmente de maneira indecente. Além do que fez com a funcionária, foi gritante o descaso com o trabalho que a filha teve para encontrar uma profissional jeitosa e paciente. Era obsceno, e suas "paranoias" sempre tinham uma justificativa.

Marcelo encontrou todos os utensílios que o velho alegou terem sumido. Ele mesmo havia guardado de maneira escondida para não ser roubado e esqueceu onde colocara. Não era a primeira vez que acontecia.

Lucia, cada vez mais perplexa, perguntou ao tio se no dia do velório da mãe a ajuda que lhe pediu era sugestiva ou se era porque se preocupava em ter alguém no lugar de sua mãe para cuidar de Donato.

Ele respondeu que existem algumas pessoas que pecam por necessidade, como ele, no primeiro dia em que matou; mas que também existem pessoas realmente ruins, por exemplo, o cara do bar, ou seu pai, que

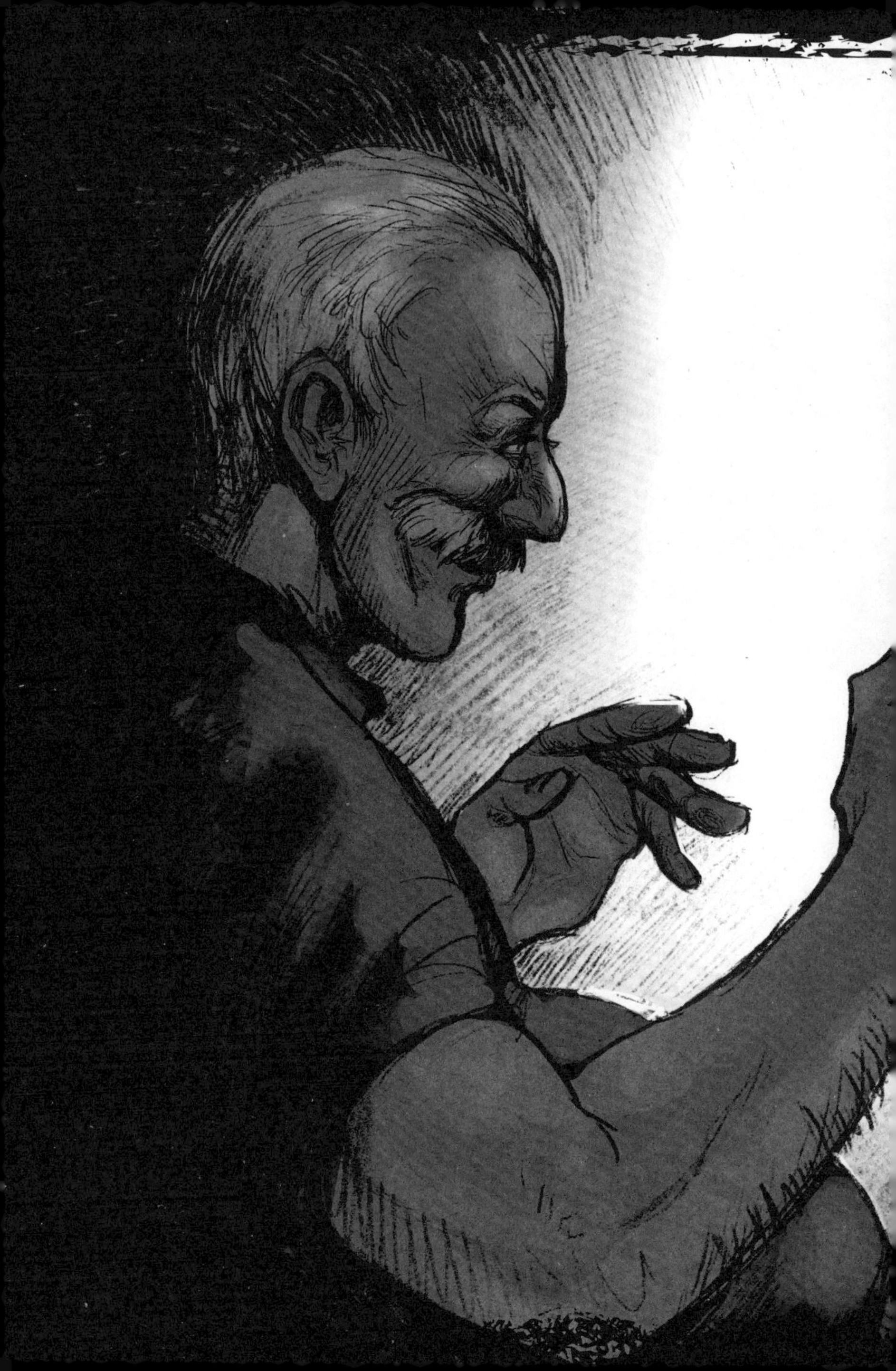

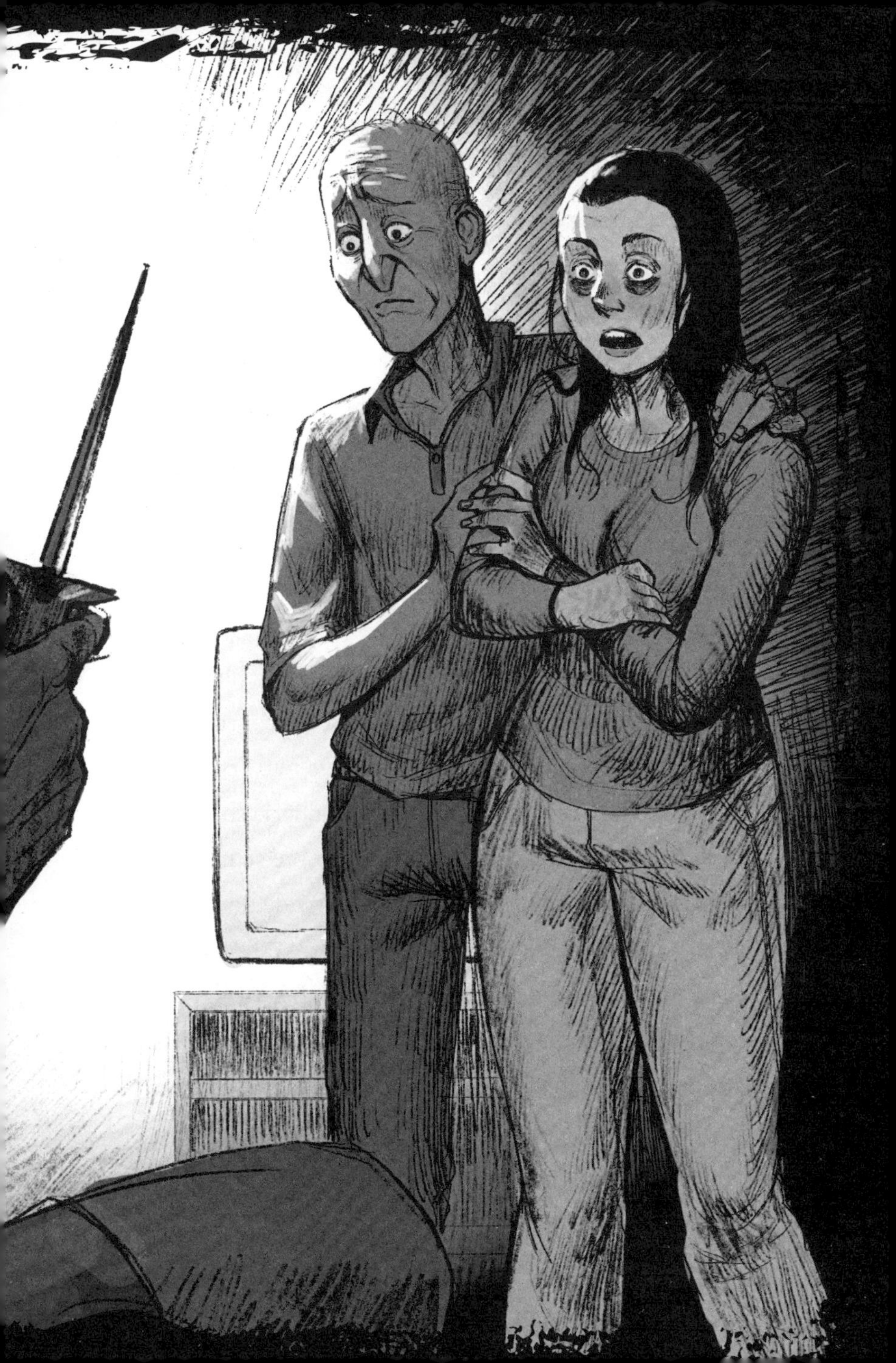

deixava coisas assim acontecerem. Disse que havia contado porque queria que Lucia soubesse, mas também porque acreditava no mal eminente que perseverava naquele lar. Isso a deu coragem para tirar sua principal dúvida: "Por que não havia acabado com Donato, se essa era sua vontade?".

O homem abaixou a cabeça e falou que não condenava mais ninguém, porque seu julgamento individual era falho, também frisou que as autoridades tinham "um olho nele", e sentia medo. Achava que saíra impune até hoje sobre as coisas que fez, mas havia algum custo que ainda não tinha lhe sido cobrado.

Olhando fixamente para ela, Marcelo disse que, no fundo, se sentia como sua irmã; que, se continuasse cuidando dele, seria uma prova de que não era verdade o que seu pai dizia. Apesar de tudo, queria se provar.

O ego humano é interessante, sempre se manifestando de diferentes formas, seja na vontade de vingança, na omissão e criação de uma imagem falsa, ao menosprezar os outros e acreditar ser incontestavelmente superior ou ao compartilhar da intimidade alheia para realizar desejos, buscando se isentar de autoria, pensando que, se não foi feito por suas próprias mãos, será inocentado no fim – um pensamento frequentemente tido por "cristãos".

Os dois compartilharam algumas memórias boas de Amanda. Se emocionaram algumas vezes, de tristeza, saudade, dor, remorso, amor e culpa por não terem conseguido evitar.

Então, cada um seguiu seu rumo, agora com as ideias esclarecidas.

Ela havia recém se formado em engenharia de sistemas com a intenção de trabalhar desenvolvendo e organizando sistemas artificiais complexos, mas isso já havia sido feito na maioria das empresas por outros profissionais. A área não requeria alta manutenção, apenas em situações específicas, então se encontrava desempregada e tinha bastante tempo livre.

Morava com a família; o pai trabalha das 6h às 17h, e mesmo tendo tirado alguns dias de recesso pelo luto, logo teve que voltar. Ele quase nunca ia à casa do sogro por conta de conflitos, achava o homem muito cabeça-dura e via como inaceitável a forma com que tratava sua mulher. Era detestável como o velho cobrava, mas não reconhecia e valorizava os esforços descomunais que Amanda fazia, mesmo não sendo sua obrigação. Ela tolerava e pedia para que não se metesse, o que para ele era revoltante e deprimente.

Ao seu ver, ter um filho não é originar algo para serventia, mas sua mulher, mesmo pensando igual, ainda se sentia responsável pelo comportamento do pai, como se ele não fosse agente de si.

Ir lá significava enfrentar frustração, conflitos e ressentimentos. Cada vez que batia de frente com essas situações, o pai de Lucia só saía ferido, então desistiu de insistir e tentar entender, afinal Amanda era responsável por si própria, e não era certo que ele se culpasse por não conseguir mudar o que o pai fazia com ela. Decidiu evitar o convívio sempre que possível. E agora se perguntava sobre o que fazer.

Quando Lucia veio com a ideia de assumir o lugar da mãe no serviço, ele não achou interessante, mas admirou a solidariedade da filha. Apesar do velho ser alguém tão ruim, talvez até impassível de piedade, Lucia disse que não achava justo abandoná-lo. Que ele devia estar em sofrimento pela perda das mulheres que tanto amava, e que seu tio Marcelo também devia estar sobrecarregado. Seu pai ouviu e pediu apenas para que não permitisse que o avô a tratasse com o mesmo desdém que tratava sua mãe. Lucia prometeu que não deixaria.

Na segunda-feira seguinte, ela começou a ir à casa de Donato no lugar do tio, que retornou para sua vida cotidiana.

Ela levou consigo uma amiga fisioterapeuta, pois não dava conta de todas as tarefas sozinha.

Durante três dias, Lucia analisou o comportamento do avô em relação às notícias, à neta, à amiga que levara para ajudar no serviço sujo, à morte da filha e aos questionamentos sobre o passado. Ele indicava não ter arrependimentos, e preencheu uma cartela cheia de bingo de preconceitos. Isso enquanto aparentava estar tentando ser uma pessoa agradável para a neta, como usualmente fazia, o que só tornava tudo pior.

O que parecia inacreditável de início soava cada vez mais real em sua cabeça. Se tornou difícil ter dúvidas sobre sua mãe ter colocado um fim na própria vida.

Por mais que não tivesse certeza, porque havia a possibilidade de ter sido um acidente com uma cronologia infeliz, era um cenário possível. E isso, naquele momento, foi o suficiente.

As dores de Lucia, o remorso e a falta rogavam por uma exteriorização "adequada", digna.

Na quinta-feira, no próprio lar onde agora vivia apenas com o pai, ela preparou um pó, parecido com esses chás que se dilui na água. O pó era de ervilha-do-rosário, uma planta cujas sementes possuem o princípio ativo *abrina*, semelhante à ricina encontrada em mamonas. As sementes também são conhecidas como olho-de-cabra, apresentando coloração vermelha com uma mancha preta que se assemelha ao formato horizontal e achatado da pupila de uma cabra.

Não são comumente comercializadas, nem populares por não darem frutas ou flores. Mas Lucia conhecia, pois havia uma dessas na casa da mãe de uma amiga de infância.

Quando eram crianças, costumavam guardar as sementes que caíam por achá-las bonitas e colecionáveis. Lucia só descobriu sobre suas propriedades ao pesquisar na internet "coisas encontradas na natureza que são tóxicas para consumo humano". Provavelmente, nem a dona da planta sabia. Não era um conhecimento propagado, pois apenas após triturada e consumida tornava-se perigosa.

Então, ela ativou esse contato e marcou uma visita, alegando querer conversar com essas pessoas que não via há algum tempo e por quem tinha muito carinho.

Chegando lá, encontrou apenas Izildinha, a mãe, pois a amiga acabou desmarcando de última hora. As duas falaram pouco do falecimento de Amanda, e relembraram tempos mais simples e hábitos antigos, dentre eles, coletar sementes. Izildinha, muito apegada a miudezas, como bilhetes e embalagens de presente, guardou a coleção de anos atrás, além de ainda ter o pé de ervilha-do-rosário no jardim.

Lucia, por ser mais alta, pela primeira vez pôde reparar não se tratar de uma árvore. O tronco imponente que ali residia, na verdade, pertencia a outra espécie. Preso nele, havia uma trepadeira singela, que dava os frutos que tanto via beleza e entregava exatamente o que precisava. O valor e a graça que as sementes tinham quando era criança pareciam insignificantes perto da importância que agora carregavam.

Era meio da primavera e a planta estava abrindo suas gemas. O chão do quintal, nos fundos da casa em uma rua pouco movimentada, trazia uma mistura de cores. O verde e o marrom da grama eram simples, enfeitados por pequenas esferas vermelhas. As sementes de olho-de-cabra.

Lucia pediu para levar algumas sementes consigo, guardar essa memória perto de si. Izildinha não pestanejou, insistiu que levasse a antiga coleção também, mas a garota preferiu só pegar algumas novinhas do chão mesmo.

A senhora, agora bem velha e menos viril do que quando Lucia a conhecera, foi inundada por uma tristeza suave, pela lembrança e pelo saber de que certas coisas jamais serão vividas novamente. Um sentimento de nostalgia causado pela cena de Lucia, agora uma mulher, pegando bolinhas pelo chão. Sozinha daquela vez, pois sua filha havia, de novo, se feito ausente por conta de um "imprevisto urgente" que surgira no mesmo dia. Sentiu saudades; ela morava tão perto e mesmo assim pouco se viam. Se lembrou de Amanda indo buscar Lucia em sua casa, e temeu a fragilidade da vida. E a velocidade que com que ela passa.

Lucia, em posse do que precisava, voltou para a própria casa e reduziu quatro sementes a pó, o dobro do que a internet diz ser uma dose fatal para humanos. Triturou com o almofariz e o pilão de porcelana do pai, que usava para moer medicamentos – ele era incapaz de engolir remédios, independentemente do tamanho, uma questão sensível para ele, que, por ser médico ortopedista, era frequentemente ridicularizado por companheiros de trabalho.

Por serem sementes mais duras, foi um pouco difícil pulverizá-las, mas, com esforço e insistência, conseguiu. Colocou em um saquinho e levou consigo até a residência do avô. A amiga que a ajudava chegaria depois do almoço, como de costume.

Quando a neta chegou, Donato a esperava na sala, sentado em sua poltrona marrom que reclinava pouco pelo desgaste do mecanismo. Ele usava uma camisa de manga curta xadrez com tons amarelados, uma bermuda cinza e uma sandália de couro que vestia quase todo dia. A casa tinha uma aura funesta, era úmida e escura, graças à falta de janelas.

Ao entrar, havia logo de cara um sofá laranja, de cor vibrante, desbotado e com muitas manchas, encostado em uma parede do cômodo principal. As almofadas de estampas variadas poluíam mais ainda a vista. Uma televisão velha e grossa se mantinha em cima de uma estante larga, onde objetos fora de uso jaziam abandonados. Um tapete escuro, encardido e muito empoeirado cobria o chão. Um relógio pendurado na parede com estampa de bois marcava 09h56. A única iluminação oscilava, vinda da luminária suja que pendia do teto e de um fino feixe que atravessava por debaixo da porta, trazendo um vislumbre de luz do exterior.

Donato assistia ao canal de notícias. Tinha uma obsessão mórbida por programas sensacionalistas e trágicos. A menina o cumprimentou encostando a bochecha na dele, fazendo um barulho de beijo no ar para não ter que encostar os lábios em sua pele e vice-versa.

Perguntou se ele já havia tomado café, porque às vezes ia sozinho à padaria quando acordava cedo. Ele disse que não, que estava esperando-a, e seguiu contando uma notícia que acabara de ouvir: uma criança desapareceu com cem reais no bolso e um cachorro de pelúcia; aparentemente ela tinha fugido de casa. Ele estava "preocupado" com isso.

Ela o ignorou e sugeriu que, enquanto preparava algo para comerem, ele fizesse a inalação necessária devido a um enfisema pulmonar que se intensificou pelo tabagismo excessivo e pela idade. A patologia não tem cura, mas os sintomas como tosse com catarro, chiado no peito e dificuldade respiratória, em alguns casos, podem ser diminuídos com o auxílio da inalação com soro fisiológico. Era seu caso.

Lucia foi à cozinha e anunciou que ia começar o preparo. Colocou o pó da semente em um copo com soro e diluiu aos poucos. Aquela poeira esvaiu no líquido com certa facilidade. Fez isso até que não sobrasse nada no saco plástico.

Seguiu colocando a mistura dentro do nebulizador. Levou a máquina até a sala, puxou o elástico conectado ao bocal e colocou no rosto do avô. O aparelho ficava preso para que ele não precisasse segurar.

Ela apertou o botão de iniciar e a inalação começou. Diariamente, Donato fazia quarenta e cinco minutos divididos em três momentos; quinze de manhã, de tarde e de noite. Sem trocar uma palavra, ela voltou para a cozinha e começou a fazer o de costume: pão integral tostado no George Foreman com requeijão light, peito de peru e queijo minas, com café com leite desnatado e um pedaço de bolo formigueiro que comprou no início da semana.

Com três minutos de inalação, o velho começou a tossir fortemente. Ele tirou a máscara que revestia o rosto puxou o ar com força, fora do aparelho. A menina ouvia da cozinha. Ele parecia tentar falar, mas estava com muita dificuldade.

Decidiu ir à sala, agindo de maneira preocupada. Os olhos de Donato pareciam tensos e ativos. Encarava o teto com sobriedade enquanto tossia, como se já tivesse tido crises parecidas antes. Lucia perguntou com uma voz afetada, enquanto pegava o bucal que nebulizava o chão e investia em colocar no rosto dele novamente. Ele ficou muito incomodado com ela o tocando e tentando botar o inalador à força enquanto perdia o ar. Fez gestos para que ela parasse e tentou segurar suas mãos, cada vez mais desesperado. Ela começou a falar alto: "Coloca de volta! Coloca *agora*. Vai ajudar a molhar sua garganta, você vai parar de tossir", então ele tentou manter o aparelho no rosto. Ela ajustou e prendeu o elástico bem apertado.

A agitação pareceu baixar e a menina ameaçou voltar para a cozinha. Ele não reagiu, pois estava concentrado em se manter vivo. Lucia continuou esperando o café coar e a tostadeira do pão acender o botão verde. Ela abriu a geladeira e, assim que encostou na caixa de leite, ouviu mais tosses e uma pancada alta, seguida de um estridor, o som de uma tentativa de trazer ar para os pulmões. Agudo e estridente, o próprio nome já diz. É um barulho alto o suficiente para ser ouvido a certa distância e normalmente termina em um chiado esganiçado.

Sintomas de envenenamento pela semente olho-de-cabra compreendem: aperto no peito, tosse, transpiração intensa e dificuldade de respirar, o que resulta em pressão arterial baixa seguida de insuficiência respiratória. Em alguns casos, como o de Donato, pode haver paralisia à medida que os órgãos vão parando de funcionar por conta da asfixia, mas o cérebro continua operando, então a vítima permanece consciente até o momento da morte.

A batida ouvida antes, foi do corpo do velho atingindo o piso. Com as mãos pressionando o peito, ele se debruçou para frente, numa tentativa de mudar de posição e conter a dor.

Já com os movimentos debilitados, se inclinou e se impulsionou com a pouca força que lhe restava, numa tentativa de chegar ao sofá e se deitar, mas apenas se estatelou no chão. Nesse momento, o botão verde acendeu, avisando que o pão ficou pronto.

Ela tirou a tostadeira da tomada pra não queimar o café da manhã, e voltou à sala, onde fingiu se preocupar com o que estava acontecendo, até perceber que ele não tinha saída. Não conseguia fazer nada, estava intoxicado, independentemente da vontade que tinha de sobreviver.

Naquele momento, sua expressão mudou. Seu cenho, que interpretava linhas de pânico, ficou relaxado, enquanto o de Donato trazia um honesto desespero. Sua respiração cessava cada vez mais, assim como o controle que tinha sobre o corpo, que não respondia mais às suas ordens.

A menina o encarou com frieza e se ajoelhou próxima ao corpo estirado no tapete. Com os últimos esforços, ele se colocou em posição fetal, recolhido e relutante. A máscara de inalação continuou presa em seu rosto.

Lucia apoiou as mãos sobre as pernas e inclinou a cabeça para ficar na linha da visão dele e fitar seus olhos, que procuravam pelos dela, confusos. Estranhamente, eles eram iguais: grandes e caídos no final, tão claros que espelhavam as cores predominantes da paisagem à frente. Os dele estavam escuros como a casa, ele via sua neta de baixo para cima naquele cômodo sem janelas; já os dela refletiam a palidez da pele do homem que dessaturava cada vez mais.

Sem os desviar, quis confirmar se ele conseguia ouvir, então disse: "Se você consegue me entender, pisca, mexe qualquer coisa". Ele piscou, talvez por natureza, talvez com a intenção de responder. Ela deu uma escarrada profunda, cuspindo ao lado, acertando o tronco do avô. As sobrancelhas dele franziram. Lucia seguiu dizendo: "Seu bosta, você achou que tinha direito de acabar com a vida de outras pessoas? O que te fez pensar que era melhor que qualquer um? Seu *lixo*. A sensação de controle te fazia sentir bem? Tá se sentindo bem? Ninguém que te conhece vai chorar porque te perdeu, vai estar sozinho dentro do seu caixão, rodeado de merda, de larvas, vermes, chorume, minhocas, piolhos de cobra e lesmas, todos vão te comer e depois te cagar. Você é merda de inseto agora. *Merda de inseto*. Você nunca foi nada, nem você, nem essa sua síndrome de pequenos poderes".

Ele manteve os olhos abertos, desesperados, piscando cada vez menos.

Até o fim, permaneceu com eles arregalados, ora revoltados, ora desolados, aprisionados e incrédulos. Os de Lucia eram cativos, sólidos, firmes, pacientes e inabaláveis.

Continuaram daquela forma após a morte dele, o que veio a acontecer cerca de dois minutos depois. Ela os fitou com desgosto, conferindo até que se esvaíssem por completo.

Depois de ter certeza de que o avô já não respirava, Lucia tirou a máscara de inalação, pegou o telefone fixo e discou 192, o número do Samu. Enquanto chamava, ela deixava intencionalmente sua respiração mais ofegante. Quando atenderam, ela gritou: "Eu preciso de ajuda, ambulância! Meu avô está tendo uma crise respiratória, acabou de cair no chão, não consegue respirar, mandem alguém, por favor! Estamos na Coabe 5, apartamento 132", sendo respondida com: "Estamos encaminhando uma equipe próxima, deixe seu avô de barriga pra cima e não se apoie no tórax dele".

Lucia pegou o inalador e descartou o restante do líquido na privada. Lavou bem o recipiente e colocou um pouco de soro fisiológico puro no lugar.

Enquanto esperava, deu o seu melhor para forçar o choro. Pensou em seu cachorro, vira-lata de porte médio, que perdeu aos dezesseis anos, e na saudade que sentia, no vazio de nunca mais poder sentir seu cheirinho e ser consolada pelas lambidas que limpavam suas lágrimas – talvez por serem salgadinhas, talvez por entender que a dona estava triste. Como ela queria poder lhe fazer carinho e abraçar; seu tamanho era perfeito para ser contornado pelos braços da garota, eles pareciam se encaixar. Pouco tempo depois, se encontrava em prantos. Quando se deu conta, apertava uma almofada, e, em sua mente, em vez da imagem do cachorro, estava a de sua mãe.

    O Samu chegou em doze minutos. Assim que entraram, ela disse: "Socorro, ajudem! Ele não está respirando!", enquanto chorava. O médico, apesar de não ver responsividade logo de cara, checou o pulso e a respiração do senhor e constatou à outra médica que o acompanhava: "parada cardiorrespiratória", então tentou reanimá-lo com manobras de respiração.

    Depois de falhas investidas, olhou para a neta, que esperava aparentemente agoniada. Abaixou a cabeça e prestou condolências, declarando óbito. Lucia se pôs a chorar mais alto por alguns minutos e perguntou: "O que aconteceu? Foi culpa minha? Ele estava fazendo inalação... Foi o enfisema?". O médico disse que de maneira alguma era sua culpa, que ela fez o que pôde, e supôs que, sim, fosse pela doença.

    Foi confirmada uma morte por causas naturais, coisa que acontecia o tempo inteiro com pessoas de idade que possuem doenças pulmonares obstrutivas crônicas. O médico emitiu uma declaração de óbito para a regulação de urgências. A partir disso, foi feita a comunicação com o serviço municipal do luto. Assim que receberam a notificação, se encaminharam até a residência de Donato para remoção do corpo. Perguntaram à Lucia se ele era casado, ela disse que foi, mas que a esposa faleceu havia pouco tempo. Pediram-lhe a certidão de casamento e de óbito da cônjuge, o RG e CPF do homem e um comprovante de endereço. Ela procurou pelo quarto até encontrar, no canto de uma gaveta, uma série de documentos embaixo de roupas.

Como a causa foi constatada na hora, não precisou de autópsia, sendo encaminhado direto para a funerária. Lucia ligou para Marcelo e lhe deu a notícia. Pediu que arcasse com os custos do sepultamento e assumisse de onde ela estava. O filho, surpreso, soou melancólico e preocupado, mas não se estendeu ao telefone.

Lucia teve para sempre uma acidez em seu âmago, por tudo que sua família engoliu, pelas histórias de seus antepassados, por suas perdas e pelo peso de acabar com a vida de alguém.

Mas sentiu que tinha cumprido esse dever, o conforto que trouxe para seu tio e para qualquer outra infeliz funcionária que cruzasse o caminho de seu avô trouxe-lhe alguma trágica satisfação.

Além de ter finalizado o principal motivo que aparentemente levou sua mãe a tirar a própria vida.

A incerteza de ter sido um acidente ou um ato intencional pairou com frequência na mente de Lucia ao baixar da poeira.

A possibilidade de seu tio ser ardiloso e ter tramado uma narrativa para a garota tirar o velho de seu caminho também existia. Eles não mantiveram contato após o acontecido, pois para ela se tornou algo traumático após analisar o próprio comportamento, e ele a lembrava do acontecido. Apenas se viram no enterro de Donato, mas pouco interagiram e seguiram suas próprias vidas.

Lucia teve essa realização com o passar do tempo, mas já tinha sido feito.

Ninguém nunca descobriu ou suspeitou do que aconteceu.

Copyright © 2024
por Triz Parizotto.

Todos os direitos desta publicação reservados à Maquinaria Sankto Editora e Distribuidora LTDA. Este livro segue o Novo Acordo Ortográfico de 1990.

É vedada a reprodução total ou parcial desta obra sem a prévia autorização, salvo como referência de pesquisa ou citação acompanhada da respectiva indicação. A violação dos direitos autorais é crime estabelecido na Lei n.9.610/98 e punido pelo artigo 194 do Código Penal.

Este texto é de responsabilidade da autora e não reflete necessariamente a opinião da Maquinaria Sankto Editora e Distribuidora LTDA.

Diretora-executiva
Renata Sturm

Diretor Financeiro
Guther Faggion

Diretor Comercial
Nilson Roberto da Silva

Administração
Alberto Balbino

Editor
Pedro Aranha

Preparação
Bex Stupello

Revisão
Rayssa Trevisan

Marketing e Comunicação
Matheus da Costa,
Rafaela Blanco

Direção de Arte e Diagramação
Rafael Bersi

Ilustração de capa
Mikael Silva

Ilustrações de miolo
Levi Aquino

DADOS INTERNACIONAIS DE CATALOGAÇÃO NA PUBLICAÇÃO (CIP)
ANGÉLICA ILACQUA – CRB-8/7057

PARIZOTTO, Triz

Pelas Entranhas / Triz Parizotto. – São Paulo: Maquinaria Sankto Editora e Distribuidora Ltda, 2024.

240 p. : il.

ISBN 978-85-94484-45-1

1. Contos brasileiros 2. Horror I. Título

24-3126   B869.3

ÍNDICE PARA CATÁLOGO SISTEMÁTICO:

1. Contos brasileiros

Este livro foi composto por Maquinaria Editorial nas famílias tipográficas Adlery Pro e FreightText Pro. Reimpresso na gráfica Ipsis em setembro de 2024.

maquinaria
EDITORIAL

Rua Pedro de Toledo, 129 – Sala 104
Vila Clementino – São Paulo – SP, CEP: 04039-030
www.mqnr.com.br